KB131016

청어詩人選 274

포장육

허진혁 시집

청어

포장육

허진혁 지음

발 행 처 · 도서출판 청어
발 행 인 · 이영철
영   업 · 이동호
홍   보 · 천성래
기   획 · 남기환
편   집 · 방세화
디 자 인 · 이수빈 | 김영은
제작이사 · 공병한
인   쇄 · 두리터

등   록 · 1999년 5월 3일
(제321-3210000251001999000063호)

1판 1쇄 발행 · 2021년 9월 1일

주소 · 서울특별시 서초구 남부순환로 364길 8-15 동일빌딩 2층
대표전화 · 02-586-0477
팩시밀리 · 0303-0942-0478

홈페이지 · www.chungeobook.com
E-mail · ppi20@hanmail.net
ISBN · 979-11-5860-934-4(03810)

본 시집의 구성 및 맞춤법, 띄어쓰기는 작가의 의도에 따랐습니다.
이 책의 저작권은 저자와 도서출판 청어에 있습니다.
무단 전재 및 복제를 금합니다.

포장육

허진혁 시집

차례

1부 포장육

2부 조울증

3부 동창회의 목적

1부

포장육

포장육

야심한 불야성 한 무리의 포장육이 배달된다 그것은 야한 옷을
입은 포장육이다 포장육이 우르르 노래방으로 들어간다 노래방
에서 무슨 일이 있는 것이냐 그녀들이 다시 나올 때는 한 식경
지나 술에 취한 채로 나온다 안에서 무슨 일이 있는 것이냐 포
장육들은 술에 절어 흥을 돋운다 흥만 돋우나 더한 짓거리도 저
지를 것이다 역겨움의 극치 어두컴컴한 단칸방에서 담배 연기
자욱한 채로 포장육을 먹어 치우는 흉악한 육식동물들 사회의
특권자들 돈으로 모든 것을 해결하는 무뢰배들 그들이 포장육
을 주문한다 또 한 대의 차가 움직인다 포장육이 내린다 입 속
으로 들어가기 위해

시네마토그라프

카메라 온
(카페에 온 남자와 여자 대화를 나누고 있다)
클로즈업
(여자의 입을 클로즈업한다 화를 내는 듯하다)
팬
(여자의 입에서 남자의 입으로 횡이동한다 남자 쩔쩔맨다)
숄더 숏
(남자의 등 너머의 여자를 잡는다 눈물을 흘리고 있다)
리버스 숏
(남자 여자를 달래다가 품에서 반지를 꺼낸다)

여자, 남자를 끌어안고 키스한다

남자, 그런 여자를 꼬옥 안아준다

그리고

and...

컷

여자가 되어

그가 잠에서 일어나 보니 어느덧 자지가 떨어져 나갔다 달랑달랑 대롱대롱 잘만 달려 있었던 자지가 어느 순간 사라져 버리고 그 자리엔 보지가 돋아나 있었다 돋아나 있었다는 게 맞나 하지만 그런 표현 이외에는 달리 방도가 없었다 달리 방울 도마도가 없었다 문제는 그가 지금 있는 곳이 막 입대한 군대였던 것이다 이를 숨기고 버텨 볼까 말하고 전역할까 싶었지만 멍청하게도 어째서인지 버티기를 택한 것이다 이 나라는 군필이 아니면 살 수가 없는 나라니까 그리하여 그에게는 한 가지 과제가 부여되었다 살아남아야 한다 짐승 소굴 속에서 혼자 씻을 곳이 없어 화장실에서 몸만 닦다가 냄새가 난다고 얻어맞았다 커가는 가슴도 문제였다 그러다 어느 날 생리가 터졌다 피가 줄줄 흘렀다 흐르는 피는 마치 폭포수 과연 이 이야기의 끝은 어떻게 될 것인가 그 아니 그녀는 살아남을 수 있을 것인가 그것은 아무도 몰랐고 너도 모르고 나도 모르고 앎의 불가지 속에서 결국 그녀는 세상에 휑덩그러니 그렇게 혼자

제임스 그레이

영화를 보는 것입니다 한 편도 아니고 네 편 가까이 보았습니다 감독은 제임스 그레이라고 합니다 아마 들어본 적도 없을 것입니다 우리는 영화를 보는 대신 시를 읽으니까요 그러니 제가 친절히 그 감독에 대해 설명해 드리겠습니다 이민자 가문에서 태어나 이민자를 소재로 영화를 찍습니다 이민 한 번 가본 적 없는 제가 향수를 느끼는 건 대체 무엇 때문입니까 화면은 촉촉하고 필름은 눈물 젖어 있는데 보는 이는 정말 심금을 울릴 따름입니다 당신과 함께 이 영화를 같이 보고 싶습니다 그대와 함께 울고 싶습니다 울고 싶고자 함은 오로지 그대와 함께 그대는 어디에 있습니까 그렇습니다 영화 따원 아무래도 좋습니다 보고 싶을 뿐입니다 오로지 그대만을

운문시

운문시를 씁니다 산문시와는 다릅니다 오히려 운율감을 살리기
위해서는 산문시보다 어려울지도 모릅니다 운문시를 씁니다 아
름다운 시어를 총동원하지마는 오히려 막히는 것입니다 눈앞이
어지럽습니다 시를 쓴다는 것이 이토록 어려운 줄은 마음을 도
려내어 벽돌을 쌓아 보지만 그 벽돌 쉬이 쌓이지 않는 것입니
다 한 구절 한 구절 쌓아 올릴 때마다 핏방울이 시에 알알이 맺
힙니다 맺힌 피를 읽는 사람은 알아챌 수 있을는지요 도대체 이
고생을 하며 왜 시를 써야 하냐 싶지마는 결국 시인은 태어나는
것입니다 그것은 운명이고 숙명인 것입니다 왜 시인으로 태어
나서 내가 왜 고생이냐 싶지마는 그것은 벗어날 수가 없는 것입
니다 노트르담 성당에 운명이라 적힌 것을 보고 파리의 노트르
담이 완성됐다지요 그런 것입니다 시를 쓴다는 것은

영화와 커피

커피 한 잔 내려놓고
영화 한 편 보았지요

커피 한 모금에 하나의 씬
영화의 향을 음미하듯

필름은 눈물 젖어 촉촉한데
내 눈물도 같이 흘러
커피에서 짠맛이 났다지요

다 보고 나서도 그 여운
커피의 뒷맛과도 같았지요

그 영화, 커피 향이 나던 걸요

쓰다

그녀가 마시는 걸 보았을 때
나는 맛있냐고 물었다
쓰지만 달다고 하였다

그녀와 다니다 보니
나도 마시게 되었다
쓰지만 달았다

그녀와 헤어지고 나서도
혼자서도 마시곤 한다
쓰기만 하다

커피, 잘 알지도 못하면서

집에서는 인스턴트커피만 마신다
콩 볶는 법을 모르는 까닭이다

카페에서는 카페라떼만 마신다
다른 커피의 맛을 모르기 때문이다

커피에 대해 잘은 모르지만
커피의 매력은 잘 알고 있다

커피 한 잔을 앞에 두고
강태공처럼 세월을 흘려보내며

삶의 시간을 마름질하는 방법을
커피와 함께 배워간다

커피를 앞에 두고

야 친구야 오랜만이다
저녁은 삼겹살 어떠냐
다 먹었으니 커피 마셔야지
하나 뽑아서 둘이 나눠 먹자

이차로 술은 됐고 카페에나 가자
방금 먹었으면서 또 커피냐
그 커피랑 이 커피가 같냐

근데 내 얘기 좀 들어봐라
나 사실 이번에 헤어졌어
사는 게 사는 게 아니다 싶다

야 왜 울고 그래
커피를 앞에 두고

잘린 머리처럼 불길한 것

쓰레기를 버리려 뒷골목에 나와 있으려니 무언가 썩는 냄새가 너무 심하게 나서 묶여 있는 검은 봉지를 열지 않을 수가 없었다 그 안에는 잘린 머리가 있었다 잘린 머리를 들고 유심히 들여다보고 있으려니 주변에 인기척이 느껴져서 무심코 잘린 머리를 집으로 들고 오지 않을 수 없었다 이 잘린 머리를 이제 어떡한담, 하면서 인터넷에서 잘린 머리를 검색하니 잘린 머리 재배법이 올라와 있었다 잘린 머리를 화분에 심고 정성껏 가꾸니 어느새 뿌리가 내리고 줄기가 오르기 시작했다 꽃이 피었는데 그럼 열매를 맺으면 잘린 머리들이 맺히는 것일까 싶어 기다리고 있으려니 정말로 잘린 머리가 알알이 맺히기 시작했다 수많은 작은 머리들을 어찌해야 할지 몰라 몰래 동네 공원에다가 심었다 잘린 머리가 뿌리를 내리고 줄기가 올라 꽃이 피고 열매를 맺으면 수많은 잘린 머리들이 공원을 지나가는 사람들을 향해 미소 지을 것이다

공동

베트남에서 온 아내가 맞고 있다 남편은 쉬지도 않고 때린다 부풀어 오른 만삭의 배를 감싸 안고 뱃속의 아기를 지키며 아내는 얼굴을 맞고 있다 그렇게 한참을 때렸을까 아내가 움직이지 않았다 무심한 남편은 뒤돌아 부엌에 가서 나머지 술을 마신다 붉게 얼굴이 달아오를 무렵 뒤를 돌아보니 아내가 부풀어 오르고 있었다 점점 거대해지는 몸에 남편이 짓눌려 터져버린다 몸은 계속해서 커져 나가 창문을 부수고 삐져나오기 시작해 벽을 허물고 아래로 무너져 내려갔다 점점 커지는 몸뚱어리는 주변을 집어삼키기 시작한다 수많은 사람이 말려든다 도시 하나를 집어삼켰을 즈음 몸은 성장을 멈추었다 그렇게 도시 하나는 썩어가는 몸뚱이 속에서 천천히 침몰해가고 있었다. 거대한 폐허, 그 공동.

기억

창녀와 조폭 사이에서 태어난 한 여인 어릴 때부터 아비의 폭력에 시달리던 소녀는 어느덧 숙녀가 되었고 숙녀가 된 여인을 내버려둘 리 없었던 아비는 어미의 묵인 아래 딸을 강간하기에 이른다 끔찍한 하루하루 속에서 견딜 수 없어 도망친 그녀는 학교도 제대로 마치지 못해 할 수 있는 일이 많지 않았다 우연히 알게 된 한 언니의 소개로 웃음 팔고 몸 팔게 된 그녀는 돈은 벌었지만 한 명의 인간으로서 점점 무너져 내렸다 그러다가 우연하게도 만난 백마 탄 왕자님 구원받은 그녀는 살면서 처음 행복이란 것을 만난다 행복은 배신하지도 않고 그녀를 계속 이끌어 어느덧 가정을 이루고 아이를 바르게 키워내고 시간이 지나 손주도 보게 되었다 한 많은 인생이었지만 할머니가 된 그녀는 그래도 행복하게 잘 살아온 편이라고 스스로 생각한다 그러나 불현듯 찾아온 치매 치매는 사람을 어린애로 만든다고 했던가 치매에 걸린 그녀는 어느 날 계속해서 비명을 지르기 시작한다 가족들은 깜짝 놀라 영문도 모른 채로 비명을 지르는 할머니를 계속해서 달래본다 그렇다

어릴 때의 기억이 떠오르기 시작한 것이다

쫓아오는 아기유령

그것은 낙태된 영혼에서 태어났다

쫓아오는 아기유령

골목길을 돌다가 우연히도 쫓아오는 아기유령과 눈이 딱 마주
쳤다 아기유령은 크기는 승용차 정도 크기에 눈은 핏발이 서 있
는데 눈이 한번 마주치면 반드시 쫓아와서 상대를 죽인다고 한
다 나는 얼른 도망가 골목길을 지나 주유소를 지나 술집을 지나
창녀촌을 지나 슈퍼를 지나 편의점을 지나 담배 가게를 지나 어
떻게든 집으로 숨어들었다 아기유령은 핏발이 서고 나면 시력
이 뚝 떨어지고 귀가 좋아 내 발소리만 듣고 나를 계속해서 쫓
아왔다 나는 부엌에 숨어 들어가 입을 틀어막고 바들바들 떨고
있었다 아기 유령은 장난기가 많아 부엌에서 칼을 하나 뽑아 들
고는 마구 쑤시고 다녔다 점점 다가오는 아기유령 결국에는 내
발치에 이르러 내 다리를 푹푹 찌르기 시작한다 나는 계속해서
입을 틀어막고 눈물을 흘리며 어찌할 수 없는 상황에서 공포에
질릴 수밖에 없었다

거지

지하철 앞에서 앵벌이를 하는 한 사내, 그는 한쪽 다리를 절며 절고 있는 혀로 말과 몸을 더듬으며 돈을 구걸한다. 십 원 백 원 천 원 가끔은 오천 원 로또 당첨될 확률로 만 원을 벌어들이며 꼬깃꼬깃 차곡차곡 모아놓는다. 한 달에 한 번 그는 티켓다방을 간다. 그는 투명한 비닐봉지에 지금까지 벌어놓은 돈을 담아 한 여인을 찾는다. 그는 그녀만 만난다. 한 달 번 돈을 모두 털어 그녀를 웃게 한다. 그녀를 찾아갈 때면 그는 멀끔하게 면도도 하고 샤워도 하고 정장 차림으로 맞이한다. 추위나 더위는 그녀 앞에서 사르르 녹아 사라진다. 한 달에 한 번, 오로지 단 하루를 위해 그는 고통을 감내한다. 신을 찾아 헤매는 구도자처럼 구원 을 기다리는 신도처럼 시간을 버티어내며 고작 몇 시간에 행복 을 위해 치열하게 싸워나가는 것이다. 어느 날 다방이 문을 닫 았다. 그녀가 어디로 갔는지는 아무도 모른다. 다만 앵벌이 하 던 아저씨가 어느 날 지하철에 뛰어들었다는 것은 들었다. 아 니, 보았다. 그는 뛰면서 웃고 있었다.

책들의 전쟁

소년이 신비한 서점의 문을 열자 펼쳐진 장면은 그야말로 기기묘묘하기 짝이 없는 충격적인 현장. 바로 책들의 전쟁이었습니다. 수백 권에 이르는 책들이 서로 더 좋은 책으로 남기 위해 전투를 벌이고 있었습니다. 책표지로 서로를 찢어발기기도 하고, 수천 장의 속지들이 공중을 날아다니고, 배열된 글자 위의 마른 잉크를 쥐어짜내 흩날리며 서로를 더럽히는 광경은 그야말로 아비규환이었습니다. 소년이 들어왔다는 것도 알아차리지 못했는지 책들은 계속해서 치열한 전쟁을 벌이고 있었습니다. 신비한 서점의 책들이 살아있다는 건 공공연한 비밀이었지만, 책들이 벌이는 전쟁은 처음이었고 이를 목격한 것도 소년이 처음이었습니다. 치열한 전투 끝에 한 권의 책이 남았습니다. 얼어있었던 소년이 정신을 차리고 안으로 들어가자 마지막 한 권의 책이 소년의 손에 살포시 얹어졌습니다. 그러나 그 책은 이미 너덜너덜해져 있었고 소년이 펼쳐들자 읽기도 힘든 상태였습니다. 도대체 무엇을 위한 전쟁이었는지, 소년은 그 이유를 묻고 싶었으나 아무도 답변해줄 수 있는 이는 없었고, 자신의 손에 들린 책을 내려다보며 망연자실해 있었습니다. 아마 신비한 서점도 이걸로 마지막일 것이고, 신비로움을 담은 이야기도, 이야기가 담겨있는 책들도 마지막이 되겠죠. 어쩌면 이걸로 모든 신비로움은 종말을 고할지도 모릅니다. 그렇게 생각하니 소년은

슬퍼졌습니다. 하지만 소년이 눈물을 흘린다고 해서 파괴된 책
들이 원래대로 돌아오는 일은 없었습니다.

아직은 신이 아니야

소녀가 상자를 열자 그 안에 들어있었던 건 거대한 도시였습니다. 실제 도시의 수백만 분의 일 사이즈로 축소된 듯한 이 작은 도시는 마천루도 있었고 도로도 있었고 그 위를 돌아다니는 차 같은 것도 있었습니다. 소녀는 더 어릴 때 한밤중에 찾아왔던 외계의 소인 종족들을 떠올렸습니다. 돋보기가 있어야 겨우 겨우 보일만 한 그들은 이제 막 잠들려고 하던 소녀의 정신계로 직접 텔레파시로 말을 걸어왔고 자신들은 우주에서 온 난민이며 작은 공간이라도 좋으니 안전한 공간만 제공해주면 자급 자족하며 살겠다고 하였습니다. 그때 상자를 빌려주고 그 안에 난민 외계인들을 살게 했는데 난민들이 정착하는 걸 즐겁게 구경하는 것도 얼마 안 가 싫증이 나고 소녀도 상자에 관심을 가지지 않고 있다가 어느덧 닫히고 창고로 치워져 버렸던 것이었습니다 상자 겉에는 아무것도 써놓지 않아 지금까지도 무슨 상자인지 잊고 있다가 뒤늦게 상자를 열어보니 어느덧 난민 외계인들이 상당한 발전을 이루어냈었던 것이었습니다 워낙 조그맣다 보니 필요한 에너지도 자원도 적은데다 미지의 기술력을 지녔던 외계인들은 그렇게 아무도 관심을 주지 않았던 상자 안에서도 스스로의 세계를 일구어나갔던 것이었습니다. 상자 천장에 달려있던 외계인들의 인공태양이 아닌 진짜 햇볕이 들어가자 도시의 수천만 외계인들이 그들의 하늘을 올려다보았고 소녀의 거대한 얼굴과 마주쳤습니다 술렁거리는 것도 잠시 외계인의 대표자인 듯한 존재가 텔레파시로 말을 걸어왔습니다 당신이 우리들의 조상님들을 처음 이 세계에 받아주신 분이십니까 소녀는 맞다고 고개를 끄덕였고 곧이어 무수한 외계인들이 기도하는 듯한 분위기가 이어졌습니다. 난민 외계인들을 처음 받아준 소녀는 그들에게 있어서 신과도 같은 존재였고 사실 도시 어딘가에는 이와 관련된 종교시설도 있었습니다. 신 취급을 받자 당황한 소녀는 어쩔 줄 몰라 하며 다시 상자를 닫았습니다. 외계인의 도시가 있는 작은 상자를 비밀로 한 채 소녀는 상자를 창고 더 깊숙한 곳에 치우고 말았습니다. 소녀는 아직 신이 되기에는 너무 어렸기 때문입니다.

밤 저편에서 온 불길한 것

어두운 밤 야행을 걷고 있다 밤길을 걸을 때마다 불길한 것들과 마주친다 그것은 또한 잠을 자는 절대 눈을 뜨지 않는 살아있지 않은 꿈을 꾸지 않는 행복을 바라지 않는 그런 거대하고 불길한 무언가의 그림자 그 그림자와 맞닥뜨릴 때면 나는 그림자 속에 숨어서 그림자 뒤에 숨어서 그림자 위에 숨어서 그림자 아래 숨어서 그렇게 그림자에 집어삼켜진다 그림자 안에서 지켜본 그것은 저 너머 우주에서 온 저승의 선지자 누군가 그것을 일컫는다면 신이라고 부를 수 있을까 당신은 신입니까 악마입니까 어디서 오셨습니까 저 깊은 바다에서 하늘 꼭대기에서 깊은 땅속에서 당신은 오셨습니까 숭배하고 경배하며 나는 벌벌 떨며 죽어가며 울며 손이 발이 되도록 빌고 있는데 내가 애초에 이 밤길을 떠나온 목적을 생각한다 나는 어찌 되었든 밤길을 거닐다가 그 어떤 불길함을 만나서 죽기 위해 태어난 것은 아닐 것이다 끝나지 않는 밤 어둠의 무간지옥 나는 영원한 밤에서 깨어나기를 소망한다 거대한 불길함 앞에서 나는 어쩌면 좋을지 모르던 그 와중에

빛이 있으라

지옥에서 해가 떠오른다

살인과 한잔

간만에 살인을 만나 술 한잔 나누었다 요즘 고민거리가 좀 있나 본데 얘기를 나누다 보니 한숨만 푹푹 쉬는 것이었다 요즘 들어 너무 미움만 받는 게 아닌가 하면서 괴로워하고 있었다 원래 네가 입장이 좀 그렇잖아 하면서 달래고 있기는 한데 나는 살인과는 그렇게까지 친하진 않다 오히려 나는 얘가 나를 왜 불렀는지 어리둥절할 지경이다 설마 살인이 나진 않겠지 싶어 조금 안절부절못하다가 자식 얘기를 꺼냈다 들어보니 참 많이도 낳았다 싶은데 갱살 격살 교살 구살 낙살 답살 대살 독살 박살 분살 사살 소살 아살 압살 액살 역살 유살 육살 익살 장살 참살 책살 척살 총살 추살 축살 타살 팽살 포살 폭살 외에도 몇 명 더 모두가 살인이 낳은 자식들이라 하였다 자식 고민하는 마음은 모든 부모가 같다더니 살인은 진짜 고민을 털어놓기 시작했다 사실 자살도 자신의 자식인데 주변에서 영 인정받기가 힘들다는 것이 본론이었다 하긴 자살은 살인하고 뉘앙스가 많이 다르긴 하지 자신을 스스로 죽이는 것도 살인이라는 얘기를 듣고 나서야 무슨 의미인지 알 수 있을 거 같았다 야 근데 나 자살이랑 친해지고 싶은데 연락처 좀 줄 수 있냐?

등단비 내리는 문예지

또 또 또 사기꾼들이 득시글거리는 세상에서 또 한 명의 문청이 낚였구만 어느 날 친구가 전화했다 나 문예지에서 당선돼서 등단하게 되었어 그래 축하한다 너도 또 하나의 문인으로 살아가겠구나 시를 쓴다는 것이 고통이라는 것을 너는 알까 그렇지만 나는 그런 깊은 속사정은 아직 친구에게 이른 거 같아서 그냥 입을 다물고 축하 인사말만 전했다 그래서 상금은 얼마야 하고 물으니 응 오십만 원 냈어라고 답했다 등단비 내리는 이른 아침에 아기 씹새 나란히 걸어갑니다 빨간 씹새 파란 씹새 찢어진 개새끼들. 그렇다 세상에는 문학으로 장사하는 사람이 너무 많은 것이다 그러고도 당신들이 시인이냐 문인이냐 물론 속사정을 모르는 것은 아니다 문예지를 운영하는 것은 너무나도 힘든 일일 것이다 특히 금전적인 부분이 그렇다 그렇지만 그래도 꼭 그런 식으로 사람을 뜯어먹어야겠느냐 그러니까 그런 승냥이 같은 기질로 우리는 문학을 해야만 하는 것일까 돈 돈 돈 돈이 중요한 시대에서 시라는 것은 살아남을 수 있는 것일까 고등학교 때 같은 반에 문예지라는 아이가 있었다 그래 참 예뻤는데

시는 사기꾼들이나 쓰는 것

솔직히 말합시다 당신은 당신이 쓴 시를 이해하고 있나요 진짜 솔직하게 터놓고 말해봅시다 솔직히 말해서 나는 내가 쓴 시 이해 못합니다 애초에 이해하라고 쓴 시가 아니에요 무슨 고등학생도 아니고 시의 의미 같은 거 따져가며 꼭 읽어야겠습니까 그러니까 당신도 솔직하게 대답하세요 자신의 시를 이해하고 있나요 저처럼 솔직하게 스스로도 이해 못 한다고 답변해주세요 아니 답변 부탁드립니다 부디 답변 바랍니다 그렇지 않으면 제가 견딜 수가 없어요 나의 시가 의미가 없다는 것에 견딜 수가 없어요 그런 시를 쓰고자 했던 건 아니었어요 저도 분명히 뜻깊은 시를 쓰고 싶었다고요 그런데 이렇게 된 걸 저란들 어쩌겠습니까 이 끔찍한 시라는 세계에서 길을 잃은 저는 누가 구원해줄 수 있을까요 도대체 시라는 것은 무엇인지 모르겠습니다 그렇게 하루종일 붙들고서 한 줄도 못 써 내려가고 있는데 도대체 제게 시라는 것을 쓸 자격은 있는 것일까요 그러니까 묻습니다 당신에게 시란 무엇입니까?

아무도 읽지 않고 묻힐 글에
이리 열심인 까닭이 무엇인가

시를 홀로 쓰면서 그 외로움을 감당할 수가 없다 나도 내가 시를
왜 쓰는지 모르겠다 결국에는 아무도 읽지 않고 묻힐 글에 이리
열심인 까닭이 무엇인가 자문하지 않을 수가 없다 그러나 결국
시라는 것은 영혼의 일기나 다름없으므로 나는 영혼의 피로 유
언을 쓰기 위해 시를 쓴다 내 유언장을 언젠가는 누군가가 읽기
를 바라는 마음으로 한 자 한 자 써 내려간다 결국 시라는 것은
하수구에 한 송이 한 송이 꽃을 심는 과정에 다름 아니다 더러
운 영혼 더럽혀진 영혼 영혼 한가운데 크게 구멍을 내어 나무를
심는다 언젠가는 숲이 생기길 바라는 마음으로 지나가는 행인
이 숲을 보며 좋은 걸 봤다는 마음이 들게 하고자 하는 마음으로
그렇게 나는 시를 쓴다 시를 쓰는 날은 하루하루가 식목일이다

철물점

철물점에 들어가 철물을 한 잔 시킨다 철물점에서 파는 철물은
그 안에 들어있는 혼합물에 따라 메뉴가 달라진다 용광로에서
갓 끓여온 뜨거운 철물을 한 잔 앞에 두고 담배를 하나 빼어문다
저기 손님 여기는 금연구역입니다 아 그래요 작년까지만 해도
가능했었는데 나는 담배를 다시 안주머니에 넣는다 대신 책을
한 권 꺼내어 철물을 앞에 두고 읽기 시작한다 책이 눈시울을 붉
히면서 안경을 적시길래 안경닦이를 꺼내어 안경을 닦는데 철
물의 뜨거운 김이 닿아서 안경이 녹아내리기 시작했다 철물을
홀짝홀짝 들이키니 식도부터 위장까지 강철로 코팅되는 느낌이
그럴싸하다 그녀와 철물점에서 철물을 마시던 기억이 새록새록
하다 강철로 된 그녀는 유독 크롬이 들어있는 철물을 좋아했었
지 담배를 못 피워 폐를 태울 수 없는 게 한스럽다

여자가 되어 고등학교 편

어 학생 학생은 여자가 되는 병에 걸렸어요 네? 그렇게 나는 여자가 되기 시작했다 누군가 어떤 군인이 나와 같은 병에 걸려 겁탈당한 뒤 자살했다는 기사를 본 적이 있지 나도 두렵기 시작했다 내가 다니는 곳은 남고이다 평소에 친했던 상찬이와 유석이가 여자가 되어 버린 나라도 잘 대해주고 있다 그러던 어느 날 상찬이가 불러서 갔던 우리들의 아지트에서 나는 상찬이에게 습격을 당했다 어두운 곳에서 눈빛만 보이는 것이 너무나 공포스러워 겁에 질려버렸다 눈만 보인다 눈이 그 눈이 핏발 선 눈이 나를 죽음으로 이끄는 것이다 그 순간 유석이 나타나 상찬을 때려 눕힌다 나는 고맙다고 말했는데 유석이는 울면서 내게 외친다

"나는 네가 남자였을 때 널 좋아했단 말이야!"

며칠 뒤 상찬이 묵고 있는 입원실을 찾아갔다 상찬이는 고개를 돌리고 있었다 나는 말없이 상찬이를 꼬옥 안아주었다 상찬이가 울기 시작했다 유석이도 같이 울었다 나도 울었다 우리 모두 울었다 그렇게 눈물이 입원실을 채우기 시작했다

옛날 옛적 광주에서

독재자가 나라를 집어삼키려 했을 때
용감한 사람들은 목숨 걸고 저항했다

도시가 봉쇄됐을 때
용감한 몇몇이 도시를 탈출하여 참혹한 학살에 대해 알렸다

사람들은 분개하였고 전국이 들썩였다
몇 날 며칠을 나라 전체가 독재자에 맞서 저항했다

독재자는 물러났고 그의 야욕은 산산이 부서지고 말았다
학살의 책임을 물어 그들은 감옥에 갔고 아마도 사형을 언도 받
을 것이다

이전 독재자들로 인해 고생 받았던 두 거물 정치인이 다음 세대
의 대선주자가 되었고
조금 일찍 새로운 지도자를 뽑기 위해 선거가 열릴 것이다

두 사람 중 누가 되든 간에 이 나라의 민주화는 꽃을 활짝 필
것이다
그래 그랬다면 좋았을 텐데

옛날 옛적 제주에서

한 무리의 군대가 차출되어 탐라에 도달했다 평생 가본 적 없던 절해고도의 땅 무슨 임무인지도 모른 채로 어리둥절한 군인들이 몰려온다 작전 설명을 들어보니 소계령이 떨어져 이 터전에 살고 있는 토착민들을 즉 원주민들을 학살하라는 명령이 떨어졌다 충격을 받은 한 군인이 생각했다 막아야만 한다고 그는 군장류들을 한가득 챙겨서 탈영하였다 산을 헤매다 숨겨져 있는 한 마을을 발견한 그는 마을 주민들과 소통을 시도했으나 그들의 언어는 마구 뒤틀려 있어서 대화가 통하지를 않았다 손짓발짓으로 앞으로 일어날 일을 설명한 그는 마을 주민들에게 무기들을 나눠주고 사용법을 알려주었다 그렇게 지내기를 수일이지나 결국 병력이 쳐들어왔다 목숨을 건 항전 끝에 그는 생포 당했고 마을 주민들은 모두 사살되었다 허무한 결말을 맞이한 이 마을에서 살아남은 그는 군법 위반으로 무기징역을 선고받으나 전쟁이 벌어져 정신없는 틈을 타 감옥에서 벗어날 수 있었다 그렇게 자신의 신분을 숨기고 평생을 살았으나 그의 마음은 그섬을 잊을 수 없었다 수십 년이 지나 노인이 된 그는 뉴스를 통해 학살 사건이 재조명되는 것을 보았다 섬으로 가는 비행기에올라탄 그는 섬에 가자마자 눈물을 흘리며 땅에 입술을 묻었다

바다에서 이천만 년

과학자들이 멸망에 앞서 전뇌의 탑을 쌓아 올릴 때 한 명의 과학자는 이를 좀 더 작은 규모로 새로운 계획을 짰다 그는 바닷속에서 보행할 수 있는 로봇을 만들어 그 안에 자신의 정신을 집어넣었다 로봇이 된 그는 지구가 물에 잠긴 후에도 바닷속을 돌아다닐 수 있었다 바닷속에는 볼 것이 많았다 수많은 생명 바닷속의 피라미드 바닷속의 만리장성 결국 쓰러져 버린 피사의 사탑 물에 잠긴 에베레스트 과거의 문화유산과 자연의 절경을 돌아본 그는 그렇게 시간을 보내다 보니 어느덧 이천만 년이 흘러 육지가 다시 드러나기 시작했다 육지 위로 올라온 그는 이천만 년 만에 처음으로 솟아오르는 태양을 마주할 수 있었다 찬란한 햇빛이 쏟아지며 그의 몸은 산산이 부서졌다

햇살처럼 찬란한

빛

구두룡 신화

저 먼바다에는 머리 아홉 달린 용이 있어 구두룡이라 불렀다 한 척의 어선이 바다에서 길을 잃고 표류하다가 천둥이 괴성을 지르고 번개가 터져 나오는 폭풍우 치는 밤 구두룡과 맞닥뜨리고 말았다 구두룡을 본 선원들은 몇몇은 기절하고 몇몇은 심장마비로 죽었다 그중 용감한 선원이 구두룡을 똑바로 응시하였다 구두룡은 점점 몸이 솟아오르더니 거대한 실체를 드러내었다 아홉 개의 머리라 생각했던 것은 사실은 촉수였고 그것은 문어 같은 머리에 입 주변에 아홉 개의 촉수를 달고 등에는 거대한 날개를 두르고 있는 거대한 신적인 존재였다 그것이 모습을 드러 냈을 때 선원은 결국 공포를 견디지 못하고 미쳐버리고 말았다

오백십팔

친구들과 모여서 텔레비전을 틀었다 담배 연기 자욱한 무거운 공기 속에서 우리들은 개표방송을 지켜보고 있다 회상한다 사람들이 죽어 나가고 도시가 봉쇄되었을 때 나는 모 대학교의 부회장이었다 이 도시에서 가장 발언력이 좋은 사람들만 모아서 목숨을 건 탈출 작전을 준비했을 때도 나는 그 안에 있었다 기회가 한 번밖에 없는 목숨을 건 탈출 끝에 우리는 이 지옥의 도시를 나갈 수 있었다 서울로 올라간 우리는 지옥의 실상을 알리고 분노한 지식인들을 이끌고 독재와 맞서기 시작했다 모두가 같이 열심히 밀어낸 덕분에 우리는 독재자를 끌어내릴 수 있었다 그렇게 대머리 장군과 보통 사람 장군은 실각하고 전 독재정권의 책임을 지고 자의 반 타의 반 정치인은 물러나게 되었다 민주화의 봄이 다시 오고 있었다 YS와 DJ가 다음 대선 후보로 떠올라 경합했으며 우리는 그 대선의 개표방송을 지켜보고 있다 새벽이 되었을 때 나를 제외한 친구들은 모두 잠이 들었지만 나는 핏발 선 눈으로 결과를 확인하기 위해 이를 악물고 잠을 몰아내고 있었다 곧 있으면 결과가 나올 것이다 화면에는 숫자가 나왔다 결과를 알리는 카운트 다운이 시작되었다

십

구

팔

칠
육
오
사
삼
이
일

아이돌

오늘도 또 아이돌 지망생 하나가 자살했다 돈을 버는 대신 빚을
져가며 꿈을 키워왔던 그 소녀는 어두운 미래에 희망 한 톨 쥐
지 못하고 자신의 목숨을 내던지고 말았다 이런 식으로 수많은
소년 소녀들이 이 나라에서 사라져간다 그까짓 유명세가 뭐라
고 헛된 꿈을 꾸며 춤추고 노래하는 아이들 아이돌 성공한다고
행복한 것이 아니고 이미 유명한 아이돌들조차 하나씩 세상을
떠 날아오르는 지금 세상에서 꿈이란 것은 어디에 있는지 궁금
해진다 오늘도 또 한 명의 아이돌 지망생이 목숨을 끊었다 그런
식으로 불행과 죽음은 계속해서 기차처럼 내달린다 꿈의 공장
에서 아름다움이 하나씩 갈려 나간다

잘살아보세

어쩌다 이렇게 된 걸까 삶의 낭떠러지에 밀리면서 그런 생각을
했다 빚은 산처럼 쌓여있고 일은 구할 수 없고 무능함이 하늘을
찌르고 있었다 죽고 싶은 생각은 한가득이었고 삶에는 하나의
빛도 없었다 빚만 있었다 오늘도 채권자들이 문을 두드린다 집
안에 갇혀 벌벌 떨면서 문을 나서지도 못하고 있다 행복이란 단
어는 기억에서조차 사라졌고 지옥 같은 하루하루를 보내고 있
다 내일 눈을 뜨는 게 두려워 오늘 자면서 그대로 죽었으면 하
는 생각만 가득했다 나도 행복해지고 싶었다 분명 어린 시절의
나는 이런 쓰레기 같은 어른이 되리라곤 생각도 못 했을 것이다
이럴 줄 알았으면 애초에 태어나는 게 아니었는데 삶에 배신당
하고 자신을 배신하며 아무 생각 없이 쓰레기 같이 살아왔다 이
럴 줄 알았으면 그때 공부 좀 할 걸 그때 열심히 할 걸 하는 생각
만 눈앞에서 뛰어다니고 있다 그렇게 눈물을 흘리며 방안에 굴
러다니는 소주병과 일산화탄소를 뿜어내고 있는 번개탄 온 창
문을 틀어막고 있는 청테이프에 둘러싸인 채 죽어가면서 나도
이런 나라도 잘살고 싶었는데 잘살아보고 싶었는데

2부

____

조울증

꽹과리

전쟁터에 참여해서 총이 없기는 또 무슨 경우일까 나는 군악대 비슷한 무언가를 맡았다 총 대신 꽹과리를 들고 뛰라는데 뭐가 뭔지 정신이 없었다 마구잡이로 모두가 달리는 한가운데 나는 꽹과리 하나 들고 옆에서 주변에서 총을 맞고 쓰러지는 것만 계속해서 보고 있을 수밖에 없었다 하나씩 낙엽처럼 쓰러지는 전우들을 뒤로한 채 나는 꽹과리 하나만 손에 들고 마구잡이로 총한 자루 쥐지 않은 채로 달리는 수밖에 없었다 이제 정신을 차려보니 나밖에 안 남았다 빗발치는 총알 주변에는 아무것도 없는 천애 고아 나는 이 자리에서 무엇을 해야 할까 그렇게 생각하는 와중에도 옆에서는 사람들이 죽어 나가고 나는 이렇게 혼자 덩그러니 떨어져서 아무것도 할 수 없는 채 꽹과리나 두들길 수밖에 없는 것이다 꽹과리 꽹꽹과리

살려주세요

저기 여보 당신 저 좀 살려주세요 지금 저 죽어가고 있거든요 마음이 녹아내려 죽어가고 있어요 정신이 녹아내려 죽어가고 있어요 뇌가 녹아내려 죽어가고 있어요 진짜 어쩌면 좋을까요 뭐 특별한 일이 있는 것도 아닌데 죽어가고 있어요 그냥 그렇게 죽어가고 있어요 누가 날 죽이는 것도 아닌데 죽어가고 있어요 이렇게 계속 죽어가다가 어찌 될지 모르겠네요 살려주세요 이런 나라도 살려주세요 아무것도 잘난 거 없지만 살려주세요 삶에 아무런 가치가 없지만 그래도 살려주세요 앞으로 잘할게요 제대로 살아볼게요 남부럽지 않게 살아볼게요 행복하게 살아볼게요 그렇게 살아볼게요 죽어가고 있어요 살려주세요

손금

손에서 금이 쏟아진다 어느 날 자다 일어나보니 갑자기 손에서 금가루가 쏟아지는 것이다 자고 일어나보니 침대가 금가루로 한가득이다 이것이 책에서만 보던 마이더스의 손인가 뭔가인가 근데 금가루라니 책에서는 만지거나 잡아서 금이 되던데 나는 그냥 손에서 금가루가 하염없이 흩날린다 이걸 어떻게 모아서 돈으로 바꿀 수 있을까 고민을 해보지만 내 맘대로 할 수 있는 게 아니라서 도대체가 멈추질 않는다 금가루가 미친 듯이 뿜어져 나오니 이 쏟아지는 금가루 때문에 불편이 이만저만이 아니다 밥 먹을 때도 금가루 화장실에서 똥 닦을 때도 금가루 자위를 할 때도 이놈의 금가루 환장할 거 같다 금가루를 모아다가 금은방에 가보았지만 도저히 현금화할 방안을 찾지 못하였고 집으로 돌아오는 길에서조차 금가루는 내 발자국 뒤를 쫓아오고 있는 것이었다 결국 아무짝에도 쓸모없는 이놈의 능력은 참치 초밥집에서나 조금 쓸모가 있었을 뿐이고

여장

안녕하세요 저는 스무 살 여장을 하는 게 취미랍니다 여장을 하면 제 자신이 아닌 것 같은 몽롱한 기분이 들어서 행복해져요 여장이 잘 어울리지는 않지만 그래도 다들 저를 예쁘다고 칭찬해주지요 이래 봬도 곧 입영 일자가 잡힌 튼튼한 성인 남성이랍니다 그래도 저의 아름다움은 천의무봉이지요 다들 절 좋아한다니까요 물론 모두가 인터넷에서 만난 사람들이긴 하지만 그래도 저는 자신이 있다구요 처음에는 미숙해서 어떻게 해야 할지 방법을 몰랐지만 요즘에는 여장을 하고 간드러지는 목소리로 가성을 써가며 편의점도 가고 그런답니다 다음은 뭘 해야 할지 모르겠어요 모두 기대해주세요 호호호

며칠 뒤, 여장을 한 채로 여대 화장실에 들어가려고 시도하던 한 남성이 체포되었다. 그는 조금도 아름답지 않았다.

조울증

기분이 끝내준다 하늘을 나는 것 같다 내가 아닌 것 같다 슈퍼맨이 된 것 같다 이것이 니체가 말하던 초인인 건가 자신감이 하늘을 찌른다 돈을 무한히 벌고 무한히 쓸 수 있을 것 같다 잠을 자지 않아도 쌩쌩하다 천재가 된 것 같다 말을 너무 잘하게 되었다 사업을 일으켜 번창할 수 있을 것 같다 세상 모든 것이 내 손아귀에 들어가게 되었다 나는 이길 수 있다 나는 이겨낼 수 있다 나는 모든 것을 할 수 있다 집 땅 차 여자 모든 것이 내 마음대로다 그래 이것이 진정한 나인 것이다 나는 오로지 지금 이 순간을 위해 태어난 것이다 당신의 전성기는 언제입니까 바로 지금입니다 그렇게 나는 전력질주한다
짧은 꿈을 꾸었습니다 헛된 꿈이었지요 저는 제가 마치 잘난 사람이라도 되는 양 행동했습니다 견딜 수가 없어요 뇌가 쏟아지는 느낌이었습니다 저도 제가 왜 그랬는지 모르겠습니다 그렇게 행동하는 게 아니었는데 제가 모든 걸 망치고 말았어요 정말 그러는 게 아니었습니다 저는 무엇 때문에 그랬던 것일까요 선생님 네 제가 양극성 장애라구요 세간에서 말하는 조울증이라구요 아니 선생님 그게 무슨 말씀인가요 그것은 마치 저에게 떨어진 사형선고 같아서 어쩔 줄 모르겠어요 점점 밧줄이 목을 죄어오고 주사바늘에서 독액이 스며 나오고 칼날이 떨어지는 그런 기분이 들어요 선생님 선생님 제발요

입양

방금 입양된 한 소년이 양부모로부터 맞아 죽었다 그들도 죽기 전까지는 아이가 죽을 줄 몰랐다 시체가 된 한 아이가 집 한복판에 덩그러니 놓여있다 그것은 꿔다놓은 보릿자루가 아니다 그것은 흔하게 널려있는 잡초가 아니다 그것은 그렇게 그 자리에 있어서는 안 되는 사물이었다 그게 그 자리에 놓여있어서는 아니 되었다 그러나 그것은 일어난 현실이었다 사람은 쉽게 죽는다 어릴수록 그렇다 그것을 아무도 몰랐다 아이가 숨을 쉬지 않자 양부모는 구급차를 불렀다 병원에서는 아이 몸 곳곳에 있는 푸르른 멍을 보고는 경찰에 신고하였다 그 이후는 일이 일사천리로 진행되었다 그들은 기소당했고 법원으로부터 최대형량을 선고받았다 그러나 그 아이는 돌아오지 않았다 아마도 행복을 꿈꾸며 입양되었을 그 아이는 장래 희망이 과학자였던 그 아이는 언젠가 가정을 이루어 행복하게 늙어가고 행복하게 죽어갔을 그 아이는

생일

생일 축하합니다 생일 축하합니다 사랑하는 너의 생일을 생일
축하합니다 그래 너는 오늘 생일이구나 태어난 지 몇 십 년이
냐 지금까지 행복하게 살아왔느냐 그 생일 그런데 축하받아도
되는 것일까 자네는 지금까지 아홉 명의 사람을 죽이지 않았더
냐 그 사람들도 생일을 축하받아 마땅했을 사람들인데 자네가
그것을 끝내버리지 않았느냐 그런 식으로 수많은 사람들의 운
명을 결정지은 자네는 이렇게 생일날에도 어두컴컴한 감옥에서
외로움에 떨고 있지 않으냐 어째서 그런 짓을 저지른 것인지는
물을 수도 없겠지만 그런 자네도 어릴 적에는 케이크를 받고 촛
불을 끄면서 소원을 빌었을 순진한 아이였을지도 모른다 어째
서 그런 어른이 된 것일까 어째서 그런 짓들을 저지른 것이었을
까 그래 오늘 생일이니까 마음껏 웃어보는 것은 어떨까 그런데
너는 원래 웃는 것이 가능한 인간이기는 한 것이냐

이것은 너가 죽인 사람 목록

1. 평소 너한테 호감을 보였던 옆집 소녀
2. 교문 앞에서 엄마를 기다리던 초등학생
3. 피곤한 몸을 이끌고 퇴근하던 여직원
4. (너의)할머니

5. (나의)할아버지

6. 맥주를 사갈 때 안주를 서비스로 주던 슈퍼 아저씨

7. 노래방 도우미

8. 창녀

9. 신

충치

이빨 안에 악마가 산다 이 악마는 내 이를 잇몸을 신경을 중추신경을 말초신경을 추체외로계를 교감신경을 부교감신경을 모든 것을 총동원해서 내게 고통을 준다 이를 뽑기 전까지는 나는 이 고통 속에서 이의 고통 속에서 울부짖어야만 한다 눈물지을 수밖에 없는 것이다 고통이 밤처럼 내려온다 내려온 고통은 박쥐처럼 날아오른다 영화 배트맨의 한 장면 같다 푸드덕 날아오르는 악마의 소리 그 소리가 들려온다 이를 울리며 들려온다 결국 나는 이를 뽑기로 작정한다 치과에 갈 돈이 없으니 직접 뽑는다 하필이면 충치가 사랑니로 생겨서 잇몸 깊은 곳에서 비명을 지른다 잇몸의 계곡을 열어야 한다 그 골짜기의 심연으로 들어가야만 한다 나는 잘 드는 회칼을 들고 와서 잇몸을 열어재낀다 활짝 열린다 피가 쏟아진다 나는 벌써 어지럽기 시작한다 너무 아파서 스스로 마취를 시도해본다 뺨을 마구 때려서 고통을 분산시킨다 뺨을 때릴 때마다 거울을 향해 피가 튄다 점점 파고들다 보니 이가 보이기 시작한다 이미 시커멓게 갈변해버린 이빨이다 펜치를 이용해서 꽉 쥔다 쥔 상태로 고개를 돌린다 손을 비틀 수는 없기 때문에 목을 비틀기로 한다 구십도 백팔십도 삼백육십도 그렇게 고개를 빙그르르 돌리고 나니 이가 뽑힌다 피가 쏟아진다 사랑니를 뽑으니 사랑도 사라진다 그런 고통 속에서 나는 눈물을 흘리며 어지러워 진 채로 쓰러진다 가자 북으로

담배

담배가 내 폐를 썩히고 있다 폐에 곰팡이가 핀다 거뭇게 물드는 폐를 바라본다 담배를 한 대 핀다 거울을 보니 내 폐가 있는 위치가 시커멓게 갈변해 있다 숨을 쉴 때마다 시커먼 무언가가 팔딱댄다 간보다 신장보다 심장보다 폐가 더 빨리 거뭇게 되었다 그럼에도 나는 담배를 계속 피운다 결국 담배란 것은 눈에 보이는 한숨이 아니겠는가 나는 술과 담배 중 하나 고르라면 술을 끊을 정도로 담배를 사랑하는 놈이다 결국 담배는 나를 죽일 것이다 폐암으로 죽으면 담배인삼공사가 조문을 올까 숨을 쉴 때마다 검은 연기가 모락모락 피어오른다 봉화가 오른다 승전보를 울려라 담배는 폐를 상대로 한 전쟁에서 승리하였다 패잔병이 되어 폐에 잔병을 치른다 병원에서는 의사 선생님이 담배를 한 개비라도 더 태우면 이제 죽을 거라고 경고를 하는데 집에 와서 한 갑을 다 태웠다 이제부터 내 목숨은 시한부인 것이다 아마 내일 혹은 글피 아니면 그사이에 죽을 것이다 그렇게 담배로부터 살해당하는 나는 자살인가 아닌가

술

술에 빠져 죽는다 술에 빠져 죽을 것이다 신장이 파괴된다 담배도 피고 술도 마시고 커피도 먹으니 몸이 남아날 리 없다 술과 담배 중 선택하라면 단연 술이다 술에 취해 온갖 시름을 잊을 수 있으니 그것으로 삶은 족한 것이다 인생은 결국 술 담배 섹스가 아니겠는가 술이 술을 마시는 상황이 되고 필름이 끊겨져 길거리에서 발견되어서야 술에 대한 경각심이 조금 생기지만 오호 통재라 술은 그 자체로 신성한 것이다 왜 예전에 무녀들도 술을 마시고 굿판을 벌리지 않았다던가 술은 어깨춤을 절로 추게 만든다 어깨춤을 추다 탈골이 된다 탈골이 되어 뼈를 다시 맞추는데 한 식경이 흐른다 그런 술인 것인데 나는 술을 마시다 부모를 패고 애인을 패고 배우자를 패고 자식을 패는 것이다 그리고 길거리에 나가 무참히 수많은 사람들을 향해 칼을 휘두른다 그리고 유치장에서 잠을 깨고 나서야 두통으로 머리가 깨지고 대가리가 깨지고 대갈통이 깨지고 데굴데굴 꿀꿀 멍멍 짖어대고 나서야 술이 조금 위험하다고 느낀다 알콜병동에 갇혀 금주 치료를 받는데 퇴소하자마자 술을 마시고 자살을 시도하여 다시 끌려왔다 이제 나 자신은 온데간데없고 술밖에 남지 않은 삶이 되었다 바지에 그대로 오줌을 지리며 술 한잔한다

전신마비

고등학교 때 교통사고로 전신마비가 왔다 정신은 마비가 안 되었다 집에서 누워서 부모님의 간호를 받기를 수십 년 차 이제 이 생활에도 익숙해졌다 딸딸이를 못 치는 것이 슬프지만 방법이 없다 나는 몸은 못 움직이고 눈만 깜빡이는 것 외에는 세상과 소통할 방법이 없으니까 아빠는 밤마다 책을 읽어주시고 엄마는 나를 씻겨주신다 도저히 행복하지는 않지만 도무지 불행하지는 않다 그럭저럭 하루하루 살고 있는 것이다 요즘 빠져있는 것은 하루 종일 켜져 있는 엠넷이다 나름대로 젊은 취향에 맞추어 엠넷을 틀어놓은 것 같다 사실은 뉴스채널 와이티엔을 틀었었는데 지루해 하는 것을 느끼자(어째서인지 내가 표현을 못해도 어지간한 것은 통하게 되었다) 엄마가 채널을 바꿔 주었다 그렇게나 좋아했던 프로듀스 시리즈랑 아이돌 학교가 조작방송이었단 소식을 들었을 땐 슬펐지만 쇼미더머니를 보고 다시 흥을 키우고 있다 그래 이렇게 살아도 사는 것이겠지 하루하루를 쓰레기통에 집어던져넣고 있지만 움직이지 못하는 나보고 어쩌라는 것일까 부모님도 많이 늙으셨다 요즘에는 거동도 불편해 보이신다 그런데 아버지 어째서 지금 내 목을 조르고 계신가요 그렇게 눈물을 흘리시면서

침대

매일 같은 시간에 침대에 널브러져 있다 직업이 없으니 침대에 누워있는 것 말고는 할 일이 없구나 싶어서 누워서 전자책으로 시집이나 마구 읽다 보니 어느새 시인이 되었다 누워서 시를 읽고 누워서 시를 쓰다가 어느 날 욕창이 생기더니 진물이 나와 침대와 몸이 눌어붙기 시작했다 몸이 침대에 붙어 안 떨어지기를 몇 날 정신을 차려보니 침대와 몸이 하나가 되어 있었다 침대에서 벗어나려고 아등바등거려 봤지만 피만 연신 튀어댈 뿐 몸은 침대로부터 벗어나질 못하였다 결국 나는 침대와 하나가 되어 침대를 향해 녹으며 점차 가라앉아가고 있었다 점점 액화되는 자신의 육체를 물끄러미 바라보며 침대 커버에 스며들고 있는 것이었다 그러다가 침대에 완전히 흡수되자 나는 결국 시밖에 안 남은 정신 덩어리가 되어 있었고 다음에 내 몸 위에 올라탈 사람을 기다리며 홀로 시를 써내려가고 있었다

아이돌 팬

아이돌 팬이 아이돌을 빤다 아이돌을 핥는다 아이돌과 연애하는 꿈을 꾼다 아이돌과 결혼하는 꿈을 꾼다 꿈은 꿈이다 너의 꿈은 절대 이뤄지지 못하리라 헛꿈을 꾸면서 아이돌을 보며 자위를 한다 사정을 한다 아이돌의 직캠을 본다 아이돌의 인터뷰를 본다 아이돌의 일거수일투족을 따라다닌다 하지만 아무리 너희들이 아이돌을 사랑하여도 아이돌은 너희들의 이름조차 모른다 이름을 알아도 그 이상은 갈 수가 없다 결국 아이돌은 너보다 잘생기고 너보다 돈 많은 사람과 맺어질 것이다 그럼에도 우리들은 꿈을 꾼다 아이돌을 보며 꿈을 꾼다 아이돌을 보며 잠을 이룬다 아이돌이 나오는 꿈을 꾸기 위해서 꿈이란 무엇일까 고찰해보기도 전에 꿈을 꾸는 것이다 그런 것이다 그렇게 우리들은 몽정한다

코로나

이런 빌어먹을 결국 올 게 왔습니다 요즘 트렌드가 코로나에 대
해 한마디 씨부리라는 거라면서요 결국 쓰지 않으려 기를 쓰고
기를 쓰다가 코로나를 제목으로 시 한 수 짓게 되었습니다 그
려 그러면 대체 뭘 어떻게 써야 할 것인가 고민하다 보니 결국
코로나가 바꾼 일상에 대해 쓸 수밖에 없겠습니다 한번 보시죠

해방 직후 혼란의 틈바구니에도 살아남았다
전쟁통에도 살아남았다

엄혹한 독재에서도
그 참혹한 광주에서도

은행이 줄줄이 파산하는 가운데에서도
물 위로 낙하하는 다리에서도

무너지는 백화점에서도
가라앉는 배에서도

우리는 그렇게 살아남았다
그러나 지금 우리는 죽어가고 있다

이렇게 시 한 문장 찌끄려 봤습니다
어때요 억지로 쓴 시 마음은 동하였습니까?

성간

성간 하면 당연히 별과 별 사이를 떠올릴 것이다 물론 나는 그
렇게 쉽게 생각을 할 리가 없는 분이시다 성간하면 당연히 별이
별을 겁탈하는 이야기를 떠올리는 이 몸은 제대로 된 사람이 아
닌 것이다 별이 별을 겁탈하는 과정을 알아보자 은하와 은하가
충돌할 때 저 멀리서 봤을 때는 당연히 은하가 포개지는 과정이
겠지만 사실은 별과 별 사이가 부딪칠 확률은 거의 없다고 한다
그러면 이것은 성간이 아닐 것이다 그러면 진짜 성간은 무엇일
것인가 그것이야말로 진정 우리네 공룡 선배님들이 전멸할 때
의 그것일 것이다 저 먼 곳에서 온 별 비슷한 무엇인가가 지구
에 맞부딪칠 때 그런 식으로 모든 것의 파멸이 눈앞에서 실현되
었을 때에 성간이 일어난 것이다 별이 별을 겁탈한 것이다 별이
별을 겁간 화간 윤간 시간 온갖 역겨운 행위를 다 저지르고 나
서야 그 많은 죽음들이 별 위에 띄워졌을 것이다 그것이 진정한
성간의 정의일 것이다

너는 개 운명

넌 태어날 때부터 개였어 알어? 너는 사람 취급도 받지 못해 축생이라 이 말이야 그러니까 주인 말 잘 듣고 처신 똑바로 해야해 주인님이 시키는 대로 다 해야 해 핥으라면 핥고 싸라면 싸야 해 그래야지 살 수 있어 그렇게 해야만 살 수 있어 그게 우리의 운명이란다 어쩌겠니 태어나기를 개로 태어난 것을 우리 사는 세상에서는 노비는 사람이 아닌 것을 그래도 네가 여자로 태어나지 않은 게 얼마나 다행이니 여자 노비는 더 비참하게 살아야 한단다 얼른 많이 먹고 힘이 센 장사로 자라다오 그러면 최소한 굶지는 않을 거란다 운이 좋으면 결혼도 할 수 있을 거란다 아니 운이 없다고 해야 할까 어찌 됐든 개돼지만도 못한 노비의 삶일지라도 살다 보면 행복이 찾아들지도 모르니 끝까지 살아보도록 하거라 개로 낳아서 미안하구나 사랑하는 엄마가

원폭

원자 폭탄이 내려옵니다 머리 위에서 터집니다 터질 때의 히로
시마 나가사키 사람들은 무슨 생각을 했을까요 응당 받아야 할
신벌이라 생각했을까 내가 이걸로 죽어야 하나 한탄했을까 그
원폭의 버섯구름은 한반도에서 보였을까 그 구름을 거대한 버
섯이라 생각했을까 구름의 빛깔은 총천연색이었을까 그 구름
밑에서 방사능의 비를 맞으면서 죽어가면서 그들은 무슨 생각
을 했을까 벌을 받는다는 건 너무 단순한 생각입니다 세상을 선
과 악으로 나누는 이분법적 사고인 것이지요 오히려 벌이 아니
었다고 생각할 때 사고는 꽃피는 것입니다 원폭이 머리 위에서
터졌을 때 당신은 무슨 생각을 합니까 내가 받아야 할 응당한
벌이라 생각할 것입니까 설마 그럴 리가

기근

가뭄이 일고 엄청난 기근이 발생했다 가히 대기근이라 불러도 좋을 것이다 기근이 일자 사람들은 피난길에 올랐다 피난길에 올라 하염없이 걷다 보니 허기가 져서 견딜 수가 없었다 피난길의 옆구리에서 사람들은 먼저 나무를 뜯어 먹기 시작했다 지나가던 동물을 잡아먹었다 심지어 동물의 배설물까지 먹을 수밖에 없었다 그렇게라도 버텨야만 했다 버티고 버틸 수가 없을 때는 세간살이까지 팔아가며 조금씩 먹을 것을 조달하는 수밖에 없었다 결국에는 가족을 팔기 시작한다 아들은 노비가 되고 딸은 창기가 되었다 아기가 새로 태어나는 축복의 순간에조차 물릴 젖이 없어 굶어 죽어간다 피난길의 끝은 보이지 않는다 길거리에는 시체가 즐비했다 시체들이 어째서인지 살점이 떨어져 나가 있었다 오랜만에 사람들은 고기를 먹을 수 있었다 그 혼란 속에서 겨우겨우 들어가게 된 음식점에는 고깃국을 팔고 있었다 고깃국을 한 숟갈 떠서 입에 넣으니 딱딱하게 씹히는 것이 있었다 뱉어서 확인해보니 누가 봐도 사람의 이빨로 보이는 그런 것이 나왔다 그 고깃국은 특별하게 맛있었다

학살

한 무리의 트럭이 또한 한 무리의 사람들을 싣고 온다 실려있는 사람들은 팔이 뒤로 묶여있고 눈에는 가리개가 채워져 있다 영문도 모른 채 군인들에게 끌려온 그들은 곧이어 총살당한다 그런 식으로 전국의 수많은 사람들이 우르르 죽어 나갔다 그렇게 나도 끌려 나와 트럭에 탄다 트럭이 이동한다 어디로 가는지 이때만 해도 몰랐다 손은 뒤로 묶이고 눈은 가리개가 채워진 채로 어디론가 이동하였다 문득 정신을 차려보니 쇠냄새가 비릿하다 쇠가 흐른 냄새인지 쇠가 타는 냄새인지 피의 냄새인지 아리송하다 눈가리개가 풀어져 앞을 보니 구덩이가 파여 있고 사람들이 머리에 피를 흘린 채로 우르르 쏟아져 있다 그리고 내 머리 뒤에도 총이 겨누어진다 그 순간 폭격이 일어나 주변의 군인들이 쏜살같이 도망간다 그렇게 우리는 살아남았다 살아남은 채로 정처 없이 산과 들을 가로질러 집으로 돌아가 보니 아무도 없었다 끌려간 것이다

겨울 나라에서

얼어붙은 세계에서 총 한 자루 꼬나쥐고 정처 없이 헤맨다 알수 없는 곳으로 나아간다 어디로 가는지조차 모른다 하루하루 살아남는 것이 삶의 목표이다 같이 다니는 개는 언젠가 잡아먹을 목적으로 데리고 다닌다 그렇게 살아가다가 한 무리의 여인들을 발견한다 여자로 이루어진 마을이다 처음에는 신원불명의 남자라고 총을 맞을 뻔했는데 어떻게든 의사소통을 하여 무리와 함께하게 되었다 그녀들은 옆에 있는 남자들의 마을에서 위험을 피해 도망쳐 나왔다고 했다 가끔씩 남자들이 몰려와 여자들을 데려가려 하지만 어떻게 해서든지 지금까지 막아왔다고 한다 그러나 그것도 이제 곧 한계에 이르렀다고 들었다 그래서 나에게 도움을 요청한 것이다 나는 도리를 아는 사람이기에 도와주겠다고 하였다 결국 며칠 뒤 한 무리의 도적떼가 쳐들어왔다 목표는 물론 여자들이다 처음에는 나도 총을 들고 같이 싸웠지만 수세에 밀려 도망치고 말았다 정신없이 도망치다 보니 먹을 것도 같이 데리고 다니던 개도 두고 오고 말았다 그 이후 그녀들이 어떻게 되었는지는 나도 모른다 나는 그저 패배한 한 마리의 개였을 뿐이었다

내 같은 개 인생

어머니 처음부터 개로 태어나서 불효나 저질러 죄송하구만유 그래도 제가 그렇게 살고 싶어서 살것슈 노비로 태어난 것도 억울한 것을 평생 이 짓거리만 하고 살 수는 없잖아유 그래서 그랬슈 종살이하다 못 견디겠어서 도망가서 처음 시작한 짓거리가 도둑질이구만유 그래도 별수없잖유 지도 살아야 하니께 그러다가 실수로 사람도 죽이고 말았구만유 그래도 별수없잖유 안 죽였음 지가 죽었슈 그래도 잡히진 않았으니 얼매나 다행이유 그러다가 농민들이 난리를 벌였다길래 지도 끼지 않았겠슈 도적놈이 됐지만 그래도 마음속에는 불타는 것이 있는거유 그래서 총을 들었슈 이제는 역적이 된 개놈이 그래도 모두 같이 살자고 일어난 거 아니겠슈 그렇게 진창 싸우다가 결국 우리가 져부렀지만 말이유 그렇게 개로 태어난 아들은 어미를 두고 먼저 떠나게 생겼슈 그렇게 팔다리가 뜯어져 머리만 남아 저잣거리에 효수될 것이유 그래도 이 삶에 후회는 없슈 개로 태어났지만 한번 짖어보기라도 하지 않았슈?

사랑하는 아들이

담배빵

친구들이 내 몸에 담배빵을 아름답게 수놓는다 동네 형들이 내 몸에 담배빵을 아름답게 수놓는다 아버지가 내 몸에 담배빵을 아름답게 수놓는다 어머니가 내 몸에 담배빵을 아름답게 수놓는다 담배빵이 몸에 새겨질수록 내 몸에는 별들이 자라난다 별은 거멓게 타들어가며 빛난다 온몸이 담배빵 투성이가 되어 담배빵을 더 놓을 수 없게 되자 그들은 내 눈에 담뱃불을 지진다 그렇게 시력을 잃었다 눈을 잃자 혀에 담배빵을 놓는다 그렇게 미각을 잃었다 후각이나마 남았으니 담배 냄새를 맡을 수 있어 좋았다 그렇게 인간 재떨이가 되다 만 나는 담배빵을 기다린다 내 몸에 무수히 새겨진 검은 별자리에 하나씩 이름을 붙여본다 이것은 거문고자리 저것은 큰곰자리 오리온은 어디 있고 북두칠성은 어디 있습니까 그러나 보이지 않는 눈으로 찾아 헤매는 별자리는 결국 나에게 오지 않고

해골들의 행진

전쟁이 일어나고 우리들은 징발된다 그렇게 수천 수만 명의 장
정들이 모여든다 그들은 명령을 내린다 집합 장소로 오라고 한
다 우리는 걸어서 집합 장소로 가기 시작한다 남은 거리 수천
킬로미터 내려가는 동안 아무런 지원도 받지 못한다 때는 겨울
이다 우리들은 먹을 것조차 없다 그러나 가지 않을 수 없다 멈
추면 총살이다 그렇게 걷는다 하염없이 걷는다 가끔 눈이 내리
면 눈물을 흘리며 눈을 받아먹다가 배탈이 난다 주린 배와 아
린 배를 움켜쥐고 우리는 걷는다 끝없이 걷는다 점차 사람들이
죽어 나간다 쌀 한 가마니를 번쩍 들던 옆집 유석이도 죽고 얼
마 전에 결혼한 뒷집 상찬이도 죽었다 그렇게 모두가 죽어 나
간다 모두 피골이 상접한 채로 집합 장소까지 걸어간다 그것은
해골들의 행진 세상은 우리가 죽어가는지도 모르는 것 같다 해
골들이 모여 탑을 쌓는다 해골들이 범람해 강을 이룬다 집합 장
소에 겨우 살아남아 도달하니 다시 돌아가라 한다 해골들의 행
진이 시작된다

깜빵

그렇게 쉽게 감옥에 가는 것인 줄은 꿈에도 몰랐다 감옥 안에서는 담배가 화폐가치를 지닌다 담배 몇 갑으로 이것저것 살 수 있다 감옥 내 도서관은 책도 많다 책을 많이 읽다 보면 모두가 시인이 되고 소설가가 된다 그러나 아뿔싸 마땅히 쓸 종이가 없어 머릿속을 맴돌다가 수많은 시와 소설들이 허공을 떠돌다 사라진다 감옥에서는 모든 것이 장난감이다 밥풀을 모아 예수님을 만드는 사람도 있고 이쑤시개로 남대문을 만드는 사람도 있고 나무젓가락으로 거북선을 만드는 사람도 있다 물론 무서운 사람도 많지만 착한 사람도 많다 어째서 감옥에 왔는지 도무지 모르겠는 친구들도 많다 그래서 물어보면 아내를 죽여서 온 사람 여자친구를 죽여서 온 사람 사장님을 죽여서 온 사람 부하를 죽여서 온 사람 등 온갖 사연이 즐비하다 하긴 나도 가족을 죽여서 온 것이니까 별반 다를 바가 없다 왜 죽였냐고 묻는다면 그게 딱히 할 말이 없다 나는 가정불화도 없었고 유복한 환경에서 자랐으며 학력도 좋고 이런 말 하긴 뭣하지만 생김새도 그럴싸하다 그럼 왜 그랬을까 글쎄 아마도 살인자로 태어나서 그런 것 같다

구미호의 탄생 과정

여우가 알을 낳는다 꼬리가 두 개인 여우가 태어난다 그 여우가 새끼를 낳는다 꼬리가 셋 달린 여우가 태어난다 그 여우가 인공수정을 한다 꼬리가 넷 달린 여우가 태어난다 그 여우가 난자를 얼려다가 훗날 시험관 아기를 잉태한다 꼬리가 다섯 달린 여우가 태어난다 그 여우가 처녀 수태를 한다 수태고지를 받는다 꼬리가 여섯 달린 여우가 태어난다 그 여우가 체외수정을 한다 꼬리가 일곱 달린 여우가 태어난다 그 여우가 낳고 낳고 마치 성경책 맨 앞장처럼 부지런히 낳다 보니 결국 꼬리가 아홉 달린 여우가 태어난다 그렇게 구미호가 탄생한다 구미호는 사람의 간을 먹는다 그래서 나는 내가 기르던 구미호를 위해 사람을 죽여다 간을 먹여왔다 구미호는 정말 착하다 사람의 간만 안 먹었다면 더 착했을지 모른다 귀여운 구미호를 위해 오늘도 간을 빼 온다 구미호가 몇 년을 간을 먹어야 사람이 된다고 했는지 기억이 안 난다 그래도 부지런히 간을 먹인다 구미호가 사람이 되면 나는 구미호랑 결혼해야지 그날을 위해 오늘도 나는 지나가는 행인을 기다린다

양념장을 먹을 자격이 없는 사람

치킨을 양념장에 찍어 먹으려니 경찰이 문을 두드린다 밖으로 나가보니 처음 들어보는 법을 들이밀며 내게 양념장을 먹을 자격이 없으니 체포한다고 하였다 그렇게 나는 경찰서에 끌려갔다 나는 도무지 양념장을 먹을 자격에 대해 알 수가 없어서 물어보았다 그러니 경찰이 답변하기를 도대체 양념장을 먹을 자격도 모르며 지금까지 어떻게 살아온 거냐고 화내며 답했다 나는 억울했지만 양념장을 먹을 자격에 대해 다시 한 번 물었다 그러니 경찰은 됐고 법정에서 보자고 하였다 그렇게 나는 재판장에 끌려왔다 나는 양념장을 먹을 자격도 없는 주제에 양념장을 찍어 먹으려 했다는 죄목으로 사형을 선고받았다 대체 양념장을 먹을 자격이 무엇이길래 상황이 이 지경이 된 것일까 나는 결국 사형장에 끌려와 마지막으로 하고 싶은 것이 무엇이냐는 질문을 받았다 나는 펑펑 울면서 마지막으로 양념장을 찍어 먹고 싶다고 울부짖었다

생각보다 어려운 배달 주문하기

전화번호를 눌러서 배달을 시킨다 나는 시작부터 말이 막혀 할 말을 잃었다 점원이 묻는다 뭘 시키고 싶냐고 그러나 나는 공포에 시달리며 전화를 끊는다 이렇게나 배달을 시킨다는 것은 어려운 것이다 요즘에는 어플이나 인터넷으로 주문을 넣을 수 있다지만 나는 핸드폰도 컴퓨터도 없는 처지라 구식 전화기를 붙들고 주문을 넣어야만 한다 그러나 배달을 하는 것은 쉽지 않다 그러면 직접 요리를 해 먹으면 되지 않겠냐고 하지만 나는 밖으로 나가 편의점을 가는 것도 음식점을 가는 것도 쉽지가 않다 모든 것이 두려운 와중에 나는 공포에 질린 채로 다시 전화를 누른다 그리고 다시 끊는다 질리도록 반복하니 모든 음식점에서 나를 차단했다 그렇게 나는 배달 한 번 시키지 못하고 굶어 죽어간다 죽기 전에 배달 한 번 주문해보고 죽는다면 소원이 없겠다만

비 오는 날 찬물로 새벽에
샤워하면 드는 생각

샴푸로 머리를 감고 있으려니 눈을 감을 수밖에 없는데 어라 이상하다 머리가 하나 더 느껴진다 머리카락이 느껴지는 게 아니라 정말로 머리통 하나가 더 느껴진다 눈을 떠보니 눈만 따갑지 아무것도 보이지 않는다 그렇게 다시 감는데 역시나 머리통이 하나 더 느껴진다 그래서 자세히 만져본다 머리 길이와 이목구비로 보아 이것은 여자의 머리통이다 목 부분은 신기하게도 아무것도 안 느껴진다 마치 허공과 같다 만져지는 걸로 봐서는 귀신은 아닌 거 같은데 그럼 이 머리통은 어디서 왔단 말인가 그렇게 머리를 다 감고 눈을 떠보니 바닥에는 핏물이 가득 고여 있었다 허리를 일으켜 세워 거울을 본다 그리고 깨닫는다 머리가 하나 더 느껴진 게 아니라 내 머리가 잘려 있었음을

아내가 임신하면 남편이 알아야 할 것

그녀는 귤을 좋아합니다 임신하면 꼭 귤을 사주도록 하세요 딸기도 좋아해요 배가 고프다고 할 때 먹고 싶은 게 있다고 할 때 꼭꼭 챙겨주세요 그녀가 배고파하지 않도록 그리고 그녀가 좋아하는 특별식이 있는데요 꼭 한 달에 한 번 정도는 인육을 주셔야 해요 원래부터 잘 먹던 거기도 하고 임신을 했으니 영양이 중요하니까 꼭 먹어주어야 해요 구하는 방법은 어렵지 않아요 잘만 숨어서 기회만 포착하면 재료 구하는 것은 뚝딱이니까요 그러면 손질을 잘해주시고 요리 방법은 알아서 맡길게요 그정도는 하실 수 있겠죠 이상 아내가 임신하면 남편이 알아야 할 것 목록이었습니다 그녀를 잘 부탁합니다

폐쇄공포증

평소 폐쇄공포증으로 끊임없이 시달리던 이 몸이다 이제 화장실조차 못 갈 지경에 이르렀다 갑갑함 그 자체를 어둠 그 자체를 견디질 못하는 몸이 된 지 오래다 엘리베이터조차 못 탈 정도라 계단만 오르내린다 19층에서 출퇴근을 하려니 돌아버릴 지경이다 차도 너무 좁아서 걸어서 다닌다 그래서 출근 세 시간 전부터 나갈 준비를 마친다 집에 돌아와 보니 거실이 어질러져 있는 것이 강도가 들은 것 같다 그런데 강도가 나간 게 아니라 인기척이 느껴지는 것이었다 나는 당황하여 옷장 안에 숨어들었다 옷장 안은 너무나도 갑갑하고 좁은 공간이었다 나의 폐쇄공포증이 다시 불붙었다 나는 옷장이라는 감옥 안에서 나가면 강도에게 죽고 안 나가면 옷장 안에서 죽는 상황에서 불가능한 선택지가 주어진 것이나 다름없었다 나는 그렇게 옷장 안에서 서서히 죽어가고 있었다

3부

동창회의 목적

꿰다 놓은 보릿자루

형 큰일 난 것 같아 아는 동생에게서 전화가 왔다 상수가 놀러 왔는데 이 새끼 내 방에서 잔다고 해놓고 컴퓨터로 자살 영상 같은 거 검색했는데 연락이 안 돼 컴퓨터가 로그인되어 있어서 검색 이력이 보이는 모양이다 형이 집에 좀 와주면 안 돼? 주소는 여기고 비밀번호는…. 그렇게 나는 집을 찾아갔다 가는 도중 내내 토가 나올 것 같았다 상상만 해도 무서운 일이다 생각해보면 상수는 나도 아는 동생인데 이 친구가 죽었을 수도 있다는 것 아닌가 나는 울렁거림을 끌어안고 교근이네 집을 향했다 문 앞에서 나는 두근거림을 멈추지 못했다 초인종을 두들기고 전화를 걸어도 아무런 기척이 느껴지지 않았다 나는 고민 끝에 경찰과 구급대에 전화를 해서 문을 열어달라 하였다 문을 여는 것이 강제집행 되었고 나는 목격하게 된다 그것은 문고리에 목을 매달고 있는 시체 그것은 꿰다놓은 보릿자루처럼 대롱대롱 그 자리에 매달려 있는 시체 무슨 일인고 무슨 일인고 그곳에는 친숙한 얼굴의 미소 짓는 시체 한 그루가 그 자리에서 내게 슬픈 표정을 지으며

작업을 방해하는 것

아 더럽게 시끄럽네 나는 하던 일을 도중에 그만두고 밖을 쳐다
본다 차들이 밀리는지 교통체증인지 암튼 개판으로 막혀있었다
그럼 그렇지 그것참 피곤한 일이 벌어졌구만 하면서 다시 일터
로 돌아가려니 전화가 울려서 한참을 전화를 받는다 필요한 전
화기는 한데 나는 흐름이 깨지는 것을 무척이나 싫어한다 전화
를 끊고 나니 무슨 귀신 들린 것 마냥 갑자기 티비가 켜진다 티
비에서는 귀찮은 뉴스들이 온종일 소음을 만들어내고 있다 나
는 질린 표정으로 티비를 끈다 귀신이 곡할 노릇이다 그렇게 다
시 돌아가려니 이제는 또 견딜 수 없이 배가 고프다 그래서 잠
시 짬을 내어 식사를 마치고 작업장에 돌아가는데 이번에는 초
인종이 울려 문을 열어보니 방문판매였다 한참을 듣고 나서 질
린 표정으로 돌려보냈는데 한 번 더 초인종이 울렸다 이번에는
종교권유였다 이번에도 참을성 있게 들어주었다 나는 참을성이
있는 게 장점이다 그렇게 한참의 시간을 허비하고 나서 나는 드
디어 작업장에 돌아와 자르다 만 시체를 토막 냈다

연락

하염없이 기다리고 있으려니 핸드폰은 전혀 울리지 않는다 그 흔한 카톡도 하나 오지 않는다 친구들아 뭐하니 다 뒤졌느냐 싶지만 그래 유석아 뭐하니 아 유석이는 작년에 목을 매달았지 상찬아 뭐하니 아 상찬이는 재작년에 차에 치었지 은우야 뭐하니 아 은우는 공무원 시험이 떨어져 몸에 불을 붙였지 그렇게 문득 떠올려보니 친구가 애초부터 없는 것이 아닌가 하는 생각도 들었다 그렇게 생각해보니 울리지 않는 핸드폰이 전혀 이상하지 않은 것도 아닌 것 같다 친구는 없다 치고 가족에게서도 연락이 오지 않는다 형은 어떻게 되었나 형은 전쟁에 나간 후 소식이 없지 동생은 어떻게 되었나 동생은 잃어버린 강아지를 찾으러 가다가 개가 되었지 아빠는 어떻게 되었나 아빠는 잃어버린 강아지였지 엄마는 어떻게 되었나 엄마는 강아지 먹일 사료가 되었지 문득 생각해보니 가족도 하나도 없다는 것을 깨닫는다 그러니 울리지 않는 핸드폰이 전혀 이상하지 않은 것도 아닌 것 같다 그럼 나는 무엇의 연락을 기다리는가 하염없이 기다리는 것은 신의 목소리 아니면 악마의 목소리일까

물

물을 하루에 20리터를 마십니다 2리터가 아니라 20리터요 병원에서도 의사가 말하더군요 그렇게 마시다가 죽을 수도 있다고 저는 몸이 70퍼센트가 아니라 90퍼센트가 물로 된 인간입니다 물을 먹지 않으면 죽습니다 물 한 모금 할 때마다 채워지는 한 방울의 육체 피 대신 물이 흐르는 몸 그렇기에 물을 잔뜩 마십니다 그렇게 마시지 않으면 견딜 수가 없습니다 그렇게 저는 지금도 생수통을 정수기용으로 하나 구비해둬서 빨대로 끊임없이 마십니다 빨대가 막혀 숨을 쉴 수 없을 때조차도 물을 마십니다 산소 대신 물이 필요합니다 그렇게 갈증에 시달리던 저는 강에 호수에 바다에 뛰어들었습니다 물과 저는 하나가 됩니다 저의 몸이 녹으면서 몸 안에 있던 물이 터져 나옵니다 쏟아져 나온 물은 범람하여 둑을 무너뜨립니다 무너진 제방은 마을을 뒤덮고 홍수를 일으킵니다 그렇게 저는 세상을 덮치고 세상과 하나가 됩니다 이제 지구를 덮고 있는 물은 저입니다

아마도 악마가

3년 사귄 여자친구가 악마였다는 것을 안 것은 얼마 전의 일이다 성격이 나빠서 악마가 아니라 성경적인 의미에서 악마였다 내 앞에 나타난 악마는 내 영혼을 가져가기 위해 나타났다고 하였다 그럼 왜 바로 가져가지 않고 3년이라는 시간이 걸렸냐고 물으니 3년에 걸쳐 영혼을 사로잡아야 한다고 하였다 나는 뱀 앞에 놓인 쥐처럼 영혼을 빨아 먹히는 처지에 놓인 것이었다 영혼을 가져가는 과정은 단순했다 이미 내 몸에는 나를 이루는 영혼의 70퍼센트 정도가 강탈당한 상태였다 이제 그 마무리를 위해 내게 진실을 털어놓은 거라고 하였다 나는 이대로 죽는 것일까 하는 생각에 잠을 이루지 못했지만 그럭저럭 내 삶에 맞는 결말이라고 생각하고 받아들이기로 했다 그렇게 내 영혼은 지옥으로 내려왔다 지옥은 내가 생각했던 것보다도 무서운 곳이었다 그러나 그 모든 것을 묘사할 수 없기 때문에 이쯤에서 마무리하기로 한다 당신도 언젠가 운이 좋으면 악마를 만날지도 모른다 아니면

당신 스스로

아마도, 악마가.

티눈

발에 티눈이 자라 발바닥을 파고든다 파고들기를 계속하여 발을 잠식하고 발목을 잠식하고 종아리를 잠식하고 무릎을 잠식하고 허벅지를 잠식한다 이렇게나 큰 티눈은 살면서 처음이기에 내버려뒀더니 하염없이 거대해져만 갔다 티눈이 곧 다리가 되어 병원에 가지 않을 수 없었다 병원에서는 다리를 잘라야 한다고 했다 다리를 자르는 것은 내가 생각해도 좀 과하다 싶었기 때문에 어쩔 수 없이 포기를 해야만 했다 그렇게 티눈은 점차 더 자라나기를 배를 잠식하고 배꼽을 잠식하고 가슴을 잠식하고 목까지 차올랐다 곧 있으면 내가 나이기를 유지할 수 없이 티눈이 될 판인데 티눈은 내 속도 모르고 그렇게 커져만 갔다 결국에는 티눈이 목 위를 올라오기 시작했다 만약 티눈이 뇌까지 대체해버리면 그때는 내가 티눈일까 티눈이 나일까 그것은 알 수 없 티눈 티눈 티눈 티눈 티눈 티눈 티눈 티눈 티눈 티눈 티눈 티눈 티눈 티눈.

화재

활활 타오른다 눈을 떠보니 온 구석이 타오르고 있었다 문은 열리지 않는다 손잡이는 뜨거웠다 무엇 때문에 불이 났는지도 모르겠다 숨이 막힌다 폐가 뜨거워진다 숨을 쉴 수가 없다 쉴 곳도 없다 몸 하나 누일 곳도 없이 모든 것이 타오른다 그렇게 정신을 잃는다 눈을 떠보니 병원이다 뒤척이고자 하는데 느낌이 이상하다 팔다리가 없다 사지가 잘려 나갔다 움직이는 거라고는 두 눈뿐이다 눈으로 몸을 내려다본다 붕대로 칭칭 감겨있다 나는 물고기처럼 팔딱거리며 어떻게든 말을 하고자 한다 그러나 입은 열리지 않는다 온몸이 눌어붙어 있다 티비에 뉴스가 나온다 내가 살던 집이 불에 휩싸인 자료화면으로 나온다 방화범이 체포됐다고 한다 눈물을 흘려본다 그러나 눈물샘이 타들어가서 눈물을 흘릴 수가 없다 그렇게 나는 병원에 누워서 침대에 몸이 눌어붙어 있다 눌어붙어 간다 눌어붙어서 뗄 수가 없다

망각의 탑

이곳은 세상에서 잊혀진 것들이 차곡차곡 모이는 곳이다 이 탑은 그렇게 수억 년을 계속해서 기억을 쌓아 올려왔다 수없이 많은 것들이 오늘 하루도 잊혀져서 이곳에 온다 어릴 때 보았던 영화 읽었던 책 사랑했으나 지금은 떠올리지 못하는 사람들이 이곳에 쌓인다 눈이 내리듯이 쌓인다 나는 이곳을 지키는 사서이다 오늘도 이곳에 쌓여 올라가는 수많은 기억들을 뒤적거린다 여유롭게 거닐면서 나는 기억의 바다를 헤엄친다 전쟁과 죽음의 기억들도 세월이 흐르면 이곳에 온다 수많은 악몽들 꿈의 물결들이 이곳에 밀려온다 그렇게 쌓여있는 기억들 하나하나가 별이 된다 이 거대한 도서관에서 영겁의 세월을 기억을 쌓아 올리며 나는 시간의 주름이 한 줄 한 줄 느는 것을 느낀다 누군가에게는 단순히 잊혀진 잔향이지만 이곳에서는 그 기억들 하나하나 소중히 다뤄진다 기억이 쌓이는 이곳은 망각의 탑이다 계속해서 기억이 쌓아 올려진다

벌레 공주님

그녀는 벌레 공주 벌처럼 소리를 내며 모기처럼 빠르며 잠자리처럼 무서우며 장수풍뎅이처럼 강하며 그리고 파리와 바퀴벌레처럼 더럽다 더럽기 짝이 없는 그 공주를 나는 사랑했다 왜 하필이면 벌레 공주를 사랑하게 되었는가 벌레 공주의 압도성은 필설로 풀기 어려울 정도였다 그저 사랑하지 않고는 배길 수가 없는 존재 그저 그뿐인 존재 신성한 존재였다 내게는 벌레 공주는 하나의 신앙이었다 추앙하지 않고는 견딜 수 없다 또한 추행하지 않고는 견딜 수 없었다 나는 벌레 공주를 한 손으로 잡고 바닥에 힘껏 던져버린다 그리고 짓밟는다 벌레 공주의 온몸이 터져 내장이 흘러나오고 체액이 쏟아질 때까지 그리고 짓뭉개진 벌레 공주를 향해 한 번의 입맞춤 그 후 나는 한입에 후루룩 벌레 공주의 시체를 삼켜버린다 벌레 공주는 사랑의 맛이 났다 그래 나는 오로지 이 맛을 느끼기 위해 태어난 것임이 분명하다 그렇게 나는 벌레 공주와 하나가 되었다 벌레 공주는 영원히 나와 함께할 것이다 그것은 백년해로였음이 분명하다

벌레 공주님 후타리

내 안에 들어온 벌레 공주가 부활하였다 내 위 속에서 소장에서 십이지장에서 대장에서 발기발기 찢어진 벌레 공주가 부활한다 수만 마리로 부화한다 부활 그것은 아름다운 것이다 나는 오로지 이 순간만을 기대하고 있었다 부활한 벌레 공주들이 내 몸을 갈가리 찢으면서 솟아오른다 솟아오른 벌레 공주는 나를 바라보며 눈물짓고 있다 그래 벌레 공주 당신도 나를 사랑하고 있었군요 오로지 그대만을 위해 살아온 이 몸입니다 그렇게 당신을 위해 내 몸을 기꺼이 내어 줄 수 있었습니다 그것은 오로지 사랑하는 마음으로 영원히 함께하고 싶다는 소망으로 그러나 그것은 이루어질 수 없는 희망 혹은 절망 벌레 공주들은 나를 에워쌉니다 그리고 내 몸을 먹어 치우며 양분으로 삼기 시작합니다 그것으로 좋습니다 나는 벌레 공주의 몸 안에서 앞으로 천년을 살아남을 것입니다 영원히 아름다운 그대와 함께 그 안에서 살아갈 것입니다

벌레 공주님 후타리 블랙 레이블

인간에게 잡아 먹히면서 가장 먼저 든 생각은 애초에 벌레 공주로 태어나지 말 걸 그런 것이다 그렇습니다 저는 벌레 공주로 태어나고 싶지 않았습니다 누가 내게 공주의 지위를 주셨습니까 아버지 어머니 할아버지 할머니 저는 벌레 공주가 되고 싶지 않았습니다 그러나 태어난 것은 벌레라는 이름에 걸맞게 태어날 때부터 벌레였고 태어날 때부터 공주였습니다 그대여 저를 잡아먹으려고 태어난 그대여 저를 죽이고 짓밟기 위해 태어난 그대여 당신의 삶이 정녕 그렇게 운명 지워져 있다면 저를 잡아 먹어 주소서 저를 사랑하여 주소서 저는 당신을 사랑합니다 그대 나를 사랑합니까 당신의 뱃속에서 저는 다시 태어날 것입니다 당신과 하나가 되기 위해서 오로지 그 목표만을 그 정념만을 향해 상주전진 전력질주하여 그대와 함께 꽃을 피울 것입니다 그 꽃은 피가 맺혀 있는 붉은 혈관의 별자리 당신의 몸 안에서 동맥혈에서 정맥혈에서 솟아오르는 나의 분신들 당신을 찢어발기며 저는 다시 태어날 것입니다 감사합니다 그대 저의 자궁이 되어주어서

오래된 컴퓨터

컴퓨터가 오래되어 너무 시끄럽다 뭐든지 오래되면 너무 시끄러워진다 당연하다 그것은 인간도 마찬가지다 소음을 내는 컴퓨터를 두드린다 컴퓨터가 맞으면서 아파한다 아파서 눈물짓는다 나의 컴퓨터여 그럴 거면 처음부터 소음을 내지 않으면 되는 것 아닌가 그렇지 못합니다 저는 늙어가면서 소리를 낼 수밖에 없는 운명이니까요 누가 자네의 운명을 결정지었는가 억울합니다 주인님 그것은 당신이 아닙니까 아니다 내게는 그런 책임이 없는 것이다 그렇습니까 그렇게 컴퓨터가 두들겨 맞는다 그러나 그것은 인간도 마찬가지다 나는 시끄러운 인간을 두들기기 시작한다 두들겨 맞은 인간은 고쳐진다 컴퓨터와 마찬가지다 당연한 이치이다 뭐든지 두들기면 좋아진다 그렇게 시끄러운 인간을 모두 두들긴다 결국 정신을 차려보니 아무도 없었다

가래

목에 가래가 끓는다 보글보글 끓어오르는 가래를 뱉는다 콜록 콜록 기침과 함께 가래가 쏟아진다 포도봉봉처럼 둥그렇게 맺혀 있는 가래를 보며 혐오감을 느낀다 그러나 목은 개운해지지 않고 목의 껄끄러움을 느끼며 나는 다시 콜록콜록 콜록콜록 콜록콜록 기침을 내뱉어본다 결국 목에 고드름처럼 맺혀 있던 단단한 가래들이 나온다 그렇다 결국 그 가래들은 뱉어지기 위해 태어난 것이다 그 낳음은 나로 인해 자행된 것이다 나는 가래의 부모이며 어버이이며 신인 것이다 그렇게 뱉어내다가 끊임없이 뱉어내다가 나는 쏟아내기 시작한다 피를 내장을 뼈를 끊임없이 입으로 쏟아낸다 내장이 튀어나와 주렁주렁 매달리는 것을 보며 의도치 않음에 대해 생각하지 않을 수 없다 그러나 그 생각이 끝나기도 전에 나는 내 내부의 모든 것을 토해낸다 생각하기도 전에 뇌가 입으로 쏟아져 버린다 그렇게 나는 텅 비어 버린 껍질만 남는다 아 목에 낀 가래를 뱉어보려 한 것인데 단지 그것뿐인 것인데

책

제 이름이 적힌 책을 그대에게 드립니다 제가 다 쓴 책은 아니고 그저 제 이름이 실린 작은 책일 뿐입니다 그러나 기쁩니다 제 책을 그대에게 드릴 수 있어서 그저 행복할 따름입니다 그대 제 책을 읽어주지 않으셔도 좋습니다 제 책을 냄비받침으로 써도 좋습니다 그저 그대의 집에 제 이름을 단 책 한 권이 놓여 있는다면 그것으로 좋습니다 그것은 상흔 당신의 집에 저의 책을 아로새기는 것입니다 가지고만 있어도 좋습니다 제 책이 그대의 책장을 상처입히고 철저히 유린하는 그런 쾌감 하나로 그대에게 선물을 드린 겁니다 저는 오로지 철저하게 그대의 책장을 겁간 화간 강간 윤간할 의도로 책을 드린 겁니다 제 시커먼 마음 들키지 않고 그대의 책장에 잠입했으면 좋겠습니다 그렇게 꽂힙니다 책이 그대의 책장에 꽂히는 것은 마치 섹스, 그렇습니다 저는 오로지 성욕 하나만에 기대어 책으로 당신의 책장을 겁탈하는 것입니다 오로지 그 목적 하나만으로 저는 저의 책을 드립니다 받아주시겠습니까?

목줄

나는 개 목줄을 산책시킨다 오로지 개 목줄을 산책시키는 것만
이 나의 소임이고 임무고 소망이고 희망이고 바람이고 행복이
고 그것은 그렇게 필연적인 것이다 개 목줄을 산책시키기 위해
나는 개를 키운다 개 한 마리 개 두 마리 개 세 마리 개 일억 마
리 개가 쏟아진다 깨가 쏟아진다 목줄을 키우는 나는 행복하니
까 깨가 쏟아진다니까요? 오로지 개를 산책시키기 위해 개를 사
옵니다 그 개들의 행복은 내 알 바가 아닙니다 그 개들의 절망
도 내 알 바가 아닙니다 그렇게 개들의 생사여탈권은 오로지 목
줄에 달려 있습니다 누군가 나를 보면 생각합니다 매일매일 개
를 산책시키는 부지런한 사람이라고 아닙니다 틀렸습니다 그것
은 정답이 아닙니다 크나큰 오류입니다 나는 오로지 목줄을 산
책시키기 위해 개를 끌고 다니는 것입니다 나는 영원히 개 목줄
에 매여 나 자신도 목줄에 매여 그렇게 개의 목과 내 자신의 목
에 채워져 있는 목줄과 영원히 함께

개는 훌륭하지 않다

효수된 목을 본다 그는 반란을 일으켰다고 한다 개 주제에 개로
태어난 주제에 어째서 개답게 살지 못했던 것일까 나도 개로 태
어났는데 어째서 저 개는 짖었던 걸까 내 거세당한 성대 내 거
세당한 고환 내 거세당한 정신 개는 원래 그런 것을 태어나기를
그런 것을 어째서 개로 태어난 그대는 그렇지 못한 것일까 나도
개로부터 태어나 개의 사상을 들으며 개의 생각을 들으며 개의
가르침을 받으며 개로 자랐는데 같은 개인 그대는 어째서 짖을
수 있었는가 그대와 나의 차이는 그대와 나 사이의 영겁에 이르
는 그 차이는 어디서 오는 것인가 그러나 짖으면 무엇하나 구
워지는 것을 개고기가 되는 것을 끓여지는 것을 보신탕이 되는
것을 그래 그런 개로 죽는다면 애초에 태어나는 것이 아니었다
그러나 결국 나도 그 자리에 끼어서 울리지 않는 성대로 짖어버
리고 마는 것이다 나 한 마리 개로 태어나 여기에 있었다고 싸
워서 죽었노라고 목 놓아 울어보았다고 그렇게 나의 목도 그대
의 목과 함께 매달리며

폭설

눈이 소복소복 쌓인다 이렇게 많이 오는 눈은 감명 깊도다 눈으로 눈사람을 만들고 눈싸움을 한다 눈이 계속해서 내린다 그침이 없이 내린다 문득 사람들은 이 눈의 심상치 않음을 깨닫는다 그렇다 진정으로 눈이 그치지 않는 것이다 눈이 계속해서 쌓인다 눈이 세상을 덮기 시작한다 두텁게 바르며 덮기 시작한다 그렇게 쌓인 눈이 바닥을 덮고 인간을 덮고 건물을 덮고 마천루를 덮고 산을 덮는다 압도적일 정도로 쌓인 눈 속에서 모든 사람들은 눈에 파묻혀 눈을 타고 기어오르려 하지만 미끄러져 떨어진다 하염없이 떨어진다 저 깊은 곳으로 떨어진다 눈의 산과 눈의 나락 눈이 쌓인 이곳은 하얀 지옥 눈부실 정도로 아름다운 그 백색 섬광 속에서 모두가 얼어붙어 후드득 떨어져 간다 떨어진 조각조각들이 다시 눈이 된다 세상이 눈이 된다 지구는 눈으로 가득찬다 우주 너머에서 창백한 하얀 점을 바라본다

폭우

노아의 방주를 준비하셨습니까 아 배를 건조하는 데 실패했군
요 당신은 구세주 자격시험에서 탈락하셨습니다 수고하셨습니
다 세상에 비가 내립니다 끊임없이 내립니다 비는 세상을 물로
가득 채우고 세상을 푸르게 만듭니다 이 푸르름을 보기 위해 신
이 비를 내린 것 같습니다 노아여 어째서 시기를 놓쳤습니까 아
그렇습니까 배에 태울 존재를 고르느라 늦었단 말이죠 어째서
입니까 이미 당신은 공룡을 모으는 것에 실패하였습니다 공룡
은 물에 가라앉아 전멸하였습니다 그래도 당신은 더 많은 동물
을 태우려 했습니까 그러나 그런 당신의 호의도 결국에는 크나
큰 실패 앞에서 어쩔 수 없었습니다 안타깝습니다 이로써 모든
것은 파멸합니다 물에 가라앉습니다 당신이 구하지 못한 모든
것들이 저 밑바닥에 가라앉습니다 가라앉은 것을 보며 생각합
니다 이것은 하나의 동물원 물 안에는 코끼리 기린 코뿔소 낙
타 타조 그 모든 것이 떠다닙니다 저는 생각합니다 신이 만든
이 아름다운 창조물에 절정에 이르러 자위할 수밖에 없습니다
그렇게 모든 것이 떠내려갑니다 세상은 물로 가득찹니다 차오
릅니다 물로 가득한 이 별에서 오로지 홀로 헤엄치고 싶습니다
수장된 그대들과 함께

개인주의

개인 주의. 개인주의가 아니다. 말 그대로 개인(犬人)을 주의하라는 뜻이다. 그렇다면 어째서 개인이라 부르는가? 그야 개 같으니까 그렇지. 술 취하고 돌아온 아버지는 개가 되어 멍멍 짖으며 기어들어 온다. 암캐 같은 어머니는 그런 아버지의 자지를 보지에 받아들인다. 여동생은 또 어디서 동물의 쌍붙기를 하는지 그리고 시간이 지나 얼굴도 모르는 개의 개새끼를 배고 배가 불러오는지 도무지 알 수 없는 일이다. 온 가족이 개판이니 나도 개가 아닐 수 없다. 돈도 벌지 않고 온종일 시만 써 내려가는 나 또한 한 마리 개에 불과하다. 개가 쓰는 시니 개 같을 수밖에. 멍멍 왈왈, 내 시 뜻을 아시겠나요?

임질

아이구 엄니 고추가 불타부러유 고름이 줄줄 흐르구유 아니 어쩌다 그랬다야 마을 다방 레지 아가씨 사먹다 성병 옮아부린거 같어유 미친놈 썩은 보지나 먹고 다닝께 그러지 이제 어찌해야 할까유 병원부터 가봐 디야 아 임질이시네요 여기 항생제 처방해드릴 테니 술 절대 하시면 안 됩니다 술이 들어간다 쭉쭉쭉쭉 으 시원타 술을 먹지 말라니 그건 나보고 죽으란 소리유 근데 이 육시럴 놈의 병은 낫지도 않는구만유 아이구 아버지 나 같은 농촌총각은 돈 내지 않으면 여자랑 잘 수 없다니껜요 그렇게 죽일 듯 때리지 말어주서유 아아 아파 아버지 뼈 맞았시유 아이고 아직도 고추가 불타는 것 같구만유 술 드시지 말라고 말씀드렸는데 혹시 드셨나요 많이 먹었지라 안 되겠습니다 증상이 심히 악화하여 잘라내셔야 할 거 같습니다 아이구 그건 안되유 저는 고추 없으면 죽는지라 자르지 않으면 진짜 죽어요 아이구 아이구 안되유

보신탕

네가 개를 키우는 것 정도는 알고 있었고, 우리들은 서로의 식사 메뉴까지 속속들이 알고 있을 정도로 서로 사랑했고, 그 사랑은 1년이 넘었고, 네가 그러했듯이 나도 순정을 다 바쳐 사랑을 했고, 나도 개를 키웠고, 어릴 때부터 친척네에서 하는 보신탕집에서 개고기를 먹어 왔기에 나는 보신탕을 먹는 것에 있어서 아무런 거리낌이 없었고, 남들도 당연히 그러한 줄 알았고, 그것은 너도 그러한 줄 착각한 것이었고, 그날 하필이면 부모님이 보신탕을 사 왔고, 나는 멍청하게도 그걸 너에게 말했고, 그렇게 우리의 사랑은 끝이 났고.

뇌와 뇌가 만나

어느 날 문득 자살하려 옥상에 올라가 뛰어내리려 하다가 조금 고민한 뒤에 그만두고 다시 살아가기로 마음먹으며 내려와서 아파트 길을 걷고 있으려니 위에서 뛰어내린 누군가와 머리끼리 부딪쳐 버렸다 두개골이 부서지고 그 안에 있는 뇌와 뇌가 맞부딪친다 뇌와 뇌가 뒤얽히면서 버무려진다 그렇게 너는 나의 뇌를 나는 너의 뇌를 마음을 서로가 들여다볼 수 있게 되었다 나의 수만 년의 인생을 너의 수억 년의 인생을 그런 식으로 비비면서 너는 그 오랜 시간 지금까지 그런 심정으로 살아왔구나 그래 나도 같은 마음이었단다 그런 식으로 너와 나와 뇌의 생각이 뒤얽힌다 뇌와 뇌가 만나 나는 너의 뇌를 끌어안고 너는 나의 뇌를 끌어안는다 그렇게 우리는 머리가 연결된 하나의 몸으로 뒤섞인 채로 서로 울면서 포옹한다

뽕뽕이

세상에서 가장 예쁜 강아지 뽕뽕이 말도 잘 듣고 짖지도 않고 사람도 안 문다 물지 않는 것은 무는 법을 몰라서 그런 것이고 짖지 않는 것은 성대 수술을 받아서 그런 것이고 임신하지 못하는 것은 중절 수술을 해서 그런 것이다 그래도 부드러운 융단 같은 털 순한 성격 귀여운 외모 어딜 하나 빼놓을 것 없는 강아지 뽕뽕이 수술비만 백만 원은 쓴 것 같지만 어찌 됐든 오냐오냐 온 가족이 사랑으로 키웠다 모두가 뽕뽕이를 좋아했고 뽕뽕이도 모두를 좋아했다 그림으로 그려놓은 듯 완벽한 삶 그러던 어느 날 목줄 없이 산책하러 나갔다가 길을 잃은 뽕뽕이는 어디선가 나타난 아저씨가 데려가 털을 뽑고 가죽을 벗기고 끓여 먹었다 세상에서 가장 예쁜 맛이 났다

선녀와 나무꾼

한 무리의 여자들이 알몸으로 물놀이를 한다 서로의 몸을 축여
주며 아름다운 나신을 뽐내는 선녀들을 또 한 무리의 소년들이
몰래 보러온다 아이들의 암행 그 미숙함을 숨길 수 없기에 선녀
들은 눈치를 채고 말았다 선녀들은 물 안으로 들어가 보지만 드
러내었다 아이들은 그것을 보고 전복인줄 알았다 털난 짚신인
줄 알았다 모두가 신기해한다 만져보려 한다 만져본다 소년들
이 짐승이 되는 것에는 많은 시간이 걸리지 않았다 어린 아이들
의 성기가 발기한다 결국 선녀들은 부끄러움을 못 참고 물에서
뛰쳐나와 아이들을 모두 발기발기 찢어 죽이고 말았다.

호랑이 자지를 보러 간다

호랑이 자지를 보러간다 호랑이 자지란 무엇인가 호랑이 보지에 들어가는 것이다 좌장지 보장지인 것이다 자지를 만나기 위해 산을 넘고 강을 건너 호랑이 자지와 만난다 그것은 장엄한 탑 웅장한 폭포 우뚝 서있는 자지 그 유혹은 악마의 그것이라 나는 그 빛을 향해 손을 뻗지 않을 수 없었다 손이 닿자 호랑이는 발기하여 곧 그것은 아름다운 게 아닌 흉물스러운 것으로 변하였고 나는 결국 호랑이에게 먹히고 만 것이다.
두 가지 의미로.

폭염

살살 녹는다 내 살이 아주 살살 녹는다 앞다리 목심 갈비 양지
토시살 안창살 제비추리 등심 채끝 안심 우둔 설도 사태 남기지
않고 살살 녹는다 이렇게 더울 수는 없는 것이다 온도를 재보
니 섭씨로 오십 도가 넘었다 그러면 화씨는 몇이냐 이 미친 태
양 아래에서 나는 몸을 쥐어뜯으며 타죽어가고 있다 누군가 말
했지 자신의 몸을 북으로 만들어 두드리겠다고 나는 지금 북은
북인데 찢어지고 상한 북이 되어가고 있다 거대한 북이라 거북
일까? 내 매형은 거북이를 닮았다 언젠가 거북이라 놀리니 기
분이 상하여 다시는 그러지 않고 있다 이렇게 잡상이 흐르는 것
으로 보아 나는 미쳐가고 있는 것이다 환각이 보인다 신기루가
보인다 눈앞이 흐려진다 눈이 녹아 터져 동공이 흘러내리고 있
다 혀가 말라 부스러진다 그렇게 나는 말도 못한 채로 우뚝 서
서 서서히 녹아내리

외다리조개

언젠가 팔과 다리를 지닌 조개들이 살았다 이름을 외다리조개
라 했다 팔딱팔딱 뛰어다니면서 몽둥이를 하나 들고 물고기를
때려잡는 이 조개는 만나는 사람마다 악수를 청했다 손에 무기
가 없음을 증명하는 행위인 악수는 그렇게 조개들과 통하는 데
에 예의가 되었다 조개들의 손에 과자를 쥐여주면 받아먹고 총
을 쥐여주면 사람을 죽이고 자지를 쥐여주면 자위가 아니라 타
위를 할 수 있었다 외다리조개를 요리해 먹으면 맛있다 특히 그
팔다리는 마치 신생아의 팔다리를 씹어먹는 맛이 났다 인육을
즐기는 이들에게는 별미로 취급되었다 무례한 식인종들이 외다
리조개를 한 마리도 남김없이 잡아먹었다 멸종과 멸망 그리고
학살 그리울 수밖에 없는 것이다 외다리조개를 다시 만나면 그
때는 웃는 얼굴로 악수를 청해야지

견인차

개 같은 인간들을 견인(犬人)이라 부른다. 이 견인들을 모아다
가 수용소에 넣고 강제 노동을 시키다가 죽으면 끓여서 차로 만
든다. 그것을 견인차라 부른다. 나는 견인의 신분을 숨기고 가
끔씩 견인차를 마시러 카페에 간다. 개가 보신탕을 먹는 격이
지만 의외로 맛이 좋아 계속해서 먹지 않을 수가 없다. 누가 볼
세라 허겁지겁 견인차를 마시는 나에게 묘령의 여인이 다가온
다. 우리는 한눈에 반했고 불이 붙은 김에 모텔에 들어가 떡을
친다. 떡을 치고 담배를 피우며 대화를 나누어보니 그녀도 견
인이라 하였다. 개 같은 년 그러니까 그렇게 바로 꼬리를 살랑
살랑 흔들지. 우리는 모텔에 나왔다가 불심검문에 응하지 않아
체포되어 수용소로 끌려갔다. 그렇게 나도 견인차로 우려질 운
명이 되었다. 노역은 힘들었고 나는 얼른 차나 되었으면 좋겠다
는 생각이 들었다. 나는 결국 가스실에서 죽음을 맞이하고 재
가공되어 찻잎이 되었다. 나는 전국에 납품되어 모두의 입속으
로 벌컥벌컥 들어간다. 그렇다. 당신이 지금 마시고 있는 견인
차의 정체는….

동창회의 목적

야 오랜만이다 잘 지내냐 나도 잘 지낸다 친구들과 소주 크 이게
인생의 낙이지 야 우리 좋은 데 갈래 좋은 데가 어떤 덴데 좋은
데는 좋은 데지 임마 오케이 야 그럼 예약 먼저 한다 친구들이
묻는다 안녕 고래야 어디 가니 고래 사냥하러 간다 くじら요?
龜旨歌요? 거북아 거북아 머리를 내밀어라 거북 놀음하러 떠난
다 거북이 머리를 팡팡 써먹으러 간다 나도야 간다 우르르 몰려
가 어두운 골목길을 배회한다 미궁 같은 지하를 헤치며 나아간
다 저주받은 음경을 부여잡고 자지를 마구 휘두르기 위해 그렇
게 나아간다 오로지 패배라는 결말만이 기다리고 있는 그 음란
한 지하 미궁으로 나아간다 그렇게 끝없이 암컷을 탐하고는 허
무함만이 남는다 하나같이 현자가 된다 명경지수의 정신을 갖
게 되어 열반에 오른다 다시는 이와 같은 추악함을 반복하지 않
기로 한다 동창회 중간에 끊고 나와 부끄러운 마음도 든다 그러
나 결국 다운받은 야동을 지우고 다시 받고 하는 것처럼 더러운
행위도 반복하고 또 반복할 것이다 죽을 때까지 영겁회귀를 하
며 저주받은 몸을 이끌고 음란한 마굴을 빠져나온다

콘체른

평생 여자 손 한 번 잡아보지 못한 이십 대 소년이 첫 유흥을 즐
겼을 때 그는 눈이 뒤집어지고 말았다 금수저였던 그는 지금까
지 모아둔 수많은 재산을 탕진해가며 유흥을 즐겼다 처음에는
여자 손만 잡아도 빨개졌던 그는 그보다 더 심한 짓을 하고 또
하고 계속하면서 단련되어갔다 점점 그는 유흥의 왕 아니 유흥
의 신이 되어갔다 소년에서 한 마리의 짐승이 되는 것에는 많
은 시간이 필요하지 않았다 수많은 시스템을 탐구하고 탐독하
며 그는 업계에 대해 온전히 이해하였다 그 이해를 바탕으로 그
사이 아버지의 사업을 물려받은 그는 더 거대해진 자본을 이용
해 업소들을 하나씩 인수하기 시작했다 이제 서울에 있는 그 수
많은 업소의 상당수가 그의 소유가 되었다 자본은 갈수록 많아
져갔고 그의 세계는 거대해져갔다 그는 하나의 유흥 콘체른이
되어갔다 결국 그는 세상을 원하는 식으로 바꾸고 파괴했다 세
상을 주지육림의 땅으로 만드는 것이 그가 평생을 걸고 한 일이
다 결국 이 나라는 이 별에서 지옥에 가장 가까운 공간이 되었다

트젠바

트랜스젠더바에 드나들다 보니 예쁜 아가씨와 친해지게 되었다 나는 그녀를 지명 삼아 계속해서 만남을 이어갔다 이곳은 수위가 세게 못 노는 곳이어서 좀 더 진행하려면 사장님과 은밀히 접선해서 아가씨랑 맺어지는 것이 가능했다 나의 사랑은 폭주하였고 시간은 없었으며 기다림에 지쳐있었다 만난 지 사흘 만에 그녀와의 하룻밤을 요청했다 그녀도 일을 한 지 얼마 되지 않았기에 손님이랑 맺어지는 것은 내가 처음이라고 하였다 나는 그녀에게 너의 처음을 내게 선물해 줄 수 있겠냐고 물었다 그렇게 우리는 사정을 설명하고 가게를 나와 근처 모텔을 향하였다 그녀의 나신은 아름다웠으며 자지가 달려 있었다 너무나도 사랑스러움에 나는 그녀의 자지를 물고 빨기 시작했다 너무나도 부끄러워하던 그녀는 곧이어 사정을 하였다 그녀의 정액은 달콤쌉싸르한 사랑의 맛

잘린 머리처럼 불길하지 않은 것

뿌리 내리고 줄기가 자라 꽃을 피우고 머리가 맺혔던 잘린 머리 머리가 심어진 그 무렵에는 잘린 머리 이외의 부분을 지닌 목 잘린 시체가 거리를 헤매고 있었다 머리가 잘린 채로 온 동네를 돌아다니던 그 남자는 연행되어 유치장에 갔다 의외로 잘린 머리 죄라는 형법상의 범죄가 있었던 모양이다 목 잘린 남자는 입이 없어 말을 못해 자기변호도 제대로 못해 유치장을 지나 감옥으로 감옥에서 모범수가 되어 잘 지냈으나 대법원 판결이 사형이 떨어져 사형수가 되었다

목 잘린 남자는 교수형에 처해졌다

끝맺음의 시

시집 한 권이 마무리됩니다 시를 끝낸다는 것이 가능하기는 한 것입니까 그러나 당신이 읽는 이 한 권의 시집도 끝맺음이 있어야 할 것입니다 시집 한 권이 끝난다는 것은 하나의 우주가 문을 닫는다는 의미입니다 결국에는 너와 나와 당신과 우리의 모든 것의 끝을 의미합니다 이곳에서 문을 닫습니다 문을 닫는다는 것은 어떤 의미입니까 항상 말해왔듯이 여러분은 저와 저의 부산물과 저의 배설물과 작별해야 합니다 그렇게 모든 것은 끝이 납니다 문을 닫습니다 끝을 맺습니다 여러분의 눈앞에서 이 문은 서서히 닫힙니다 여러분 안녕히 계십시오 저는 이제 죽으러 갑니다